친구의 벽

바람청소년문고 2

친구의 벽 아침독서신문 선정, 오픈키드 좋은어린이책목록 추천, 고래가숨쉬는도서관 겨울방학 추천도서

초판 1쇄 2014년 10월 20일 | 초판 13쇄 2023년 3월 27일
글쓴이 샤론 E. 맥케이 | 옮긴이 윤정숙
편집 곽미영 | 디자인 신용주 | 홍보마케팅 배현석 송수현 | 관리 최지은 이민종
펴낸이 최진 | 펴낸곳 천개의바람 | 등록 제406-2011-000013호
주소 서울시 영등포구 양평로 157, 1406호
전화 02-6953-5243(영업), 070-4837-0995(편집) | 팩스 031-622-9413
ISBN 978-89-97984-37-4 43840

Original title: Enemy Territory
Originally published in North America by: Annick Press Ltd.
Copyright © 2012, Sharon E. McKay(text) Annick Press Ltd.
Maps by Tina Holdcroft

Korean Translation Copyright © 2014 by A Thousand Hope Publishing Co.
All rights reserved.
The Korean language edition published by arrangement with Annick Press Ltd.
through Agency-One, Seoul.

• 이 책의 한국어판 저작권은 에이전시 원을 통해 저작권자와 독점 계약한 천개의바람에 있습니다.
• 저작권법에 의해 한국 내에서 보호를 받는 저작물이므로 무단 전재와 무단 복제를 금합니다.
• 이 도서의 국립중앙도서관 출판시도서목록(CIP)은 서지정보유통지원시스템 홈페이지(http://seoji.nl.go.kr)와
  국가자료공동목록시스템(http://www.nl.go.kr/kolisnet)에서 이용하실 수 있습니다.(CIP 제어번호: CIP 2014029226)

＊잘못 만든 책은 구입하신 서점에서 바꾸어 드립니다. 천개의바람은 환경을 위해 콩기름 잉크를 사용합니다.
＊종이에 베이거나 긁히지 않도록 조심하세요. 책 모서리가 날카로우니 던지거나 떨어뜨리지 마세요.

제조자 천개의바람 제조국 대한민국 사용연령 12세 이상

친구의 벽

샤론 E. 맥케이 글

윤정숙 옮김

 천개의바람

프롤로그

이 책은 유수프와 샘 두 소년의 이야기이다. 유수프는 이슬람교도이자 팔레스타인 소년이다. 샘은 유대인이자 이스라엘 소년이다. 둘은 전쟁 중에 태어났다. 어느 날, 무시무시한 두 사건이 소년들의 세계를 영원히 바꾸어 놓았다.

유수프
웨스트뱅크의 베이트 라흠

유수프는 집을 나와 작은 뜰을 쏜살같이 지났다. 신발 바닥이 단단한 땅바닥에 부딪혀서 탁탁 소리를 냈다. 소리에 놀란 비둘기들이 날개를 세차게 퍼덕이며 나무 새장에 부딪혔다.

유수프는 올리브 나무 옆 대문의 철제 문고리를 잡아당겼다. 문이 열리자, 재빨리 길로 뛰어나갔다. 저만치 시끄러운 염소 떼가 노란빛의 모래 회오리를 일으키며 몰려왔다. 먼지투성이의 염소지기가 기다란 지팡이를 휘두르며 염소 떼를 몰았다.

유수프는 손을 흔들었다. 하지만 아빠는 땅을 바라보고 있었다. 얼굴은 강렬한 햇볕과 걱정으로 일그러졌다. 보통 때는 서양식 바지와 하얀 셔츠만 입지만 오늘은 머리에 케피예(아랍 남자들이 햇볕과 모래바람을 막기 위해 쓰는 전통 머릿수건 또는 스카프-옮긴이)를 두르고 있었다. 희끗한 수염은 다른 팔레스타인 남자들보다 짧았다. 아빠가 걸음을 옮길 때마다 하얀 셔츠와 헐렁한 바지가 바람에 부풀어 올랐다.

"아빠!"

유수프가 외쳤다.

아빠가 손을 흔들더니 금세 다가왔다.

"지금 보니 키가 많이 자랐구나, 유수프. 금방 나만 해지겠는데. 어디 가는 거니?"

"엄마가 나세르 형을 찾아오래요."

유수프는 속으로 아빠가 "됐어. 그냥 나랑 집에 가자."라고 말해 주기를 바랐다. 하지만 아빠의 얼굴은 큰아들의 이름을 듣더니 어두워졌다. 부모님은 항상 나세르가 말썽을 일으킬까 봐 걱정이었다.

"그래."

아빠가 유수프에게 손을 흔들었다. 형을 찾아보라는 뜻이었다.

"그리고 신발 끈을 묶어."

아빠가 미소를 지었다. 아빠가 미소를 짓는 건 드문 일이었다. 유수프는 아빠가 계속 미소를 지으며 바라본다면 절대 신발 끈을 묶지 않을 생각이었다.

유수프는 형을 어디에서 찾아야 하는지 알았다. 유수프는 신발 끈을 단단히 묶고는 좁고 붐비는 길을 달리다가 나무로 뒤덮인 길로 올라섰다. 다시 좁은 길을 지나고 하수관과 똥오줌 더미들을 뛰어넘어 베이트 라흠 중앙의 만제르 광장에 들어섰다.

평소처럼 여행자들이 교회로 통하는 작은 문 옆의 벽에 기대어 앉아 있었다. 여행자들은 땀을 흘리며 플라스틱 물병을 벌컥벌컥 마셨다. 기독교인들은 이곳을 베들레헴이라고 불렀다. 여기에서 기독교인들의 구세주인 예수가 태어났다. 예수는 유대인인데 어째서 기독교인들은 자신들을 유대인이 아니라 기독교인이라고 부를까? 유수프는 궁금하고, 헷갈렸다. 아빠가 전에 설명해 주었지만 아직도 모르겠다.

유수프는 반들거리는 돌이 깔린 광장을 가로질렀다. 국기 게양대를 지나고 팔라펠(병아리 콩을 으깨어 만든 작은 경단을 납작한 빵과 함께 먹는 중동 음식─옮긴이) 장수를 지나고 당근, 무화과, 석류 주스를 파는 카페를 지났다. 식당에서 달콤한 빵 냄새와 페이스트리 냄새가 풍겼다. 하지만 길을 꺾어 들어가자 더 비탈지고 좁은 길들이 나타났다. 골목길을 가로지른 빨랫줄이 텔레비전 안테나, 위성 안

테나, 그늘막, 집집마다 이어진 검은 철조망 위로 늘어져 있었다.

"야, 유수프!"

유수프가 프레르 거리에 이르자 마젠과 야세르가 달려왔다. 한낮의 태양 때문에 둘의 모습이 흐릿해 보였다. 요즘 유수프는 사물이 잘 보이지 않았다. 엄마가 삼촌이 쓰던 검은 테 안경을 주었지만, 두꺼운 렌즈 때문에 미라 누나가 커다란 벌레 같다고 놀렸다. 유수프는 안경을 쓰느니 안 보이는 것이 낫다고 생각했다.

"유수프, 여기야!"

마젠이 멈춰 서더니 한쪽 다리를 뒤로 뻗었다. 그러자 흐릿한 구체가 빙빙 돌며 유수프에게 돌진해 왔다.

유수프가 발로 그것을 멈춰 세웠다. 흠집 하나 나지 않은, 미제 축구공이었다.

유수프가 공을 도로 차 주었다. 공은 마젠의 머리 너머로 날아갔다.

"야호! 나는 팔레스타인 역사상 최고의 축구 선수 살렘이야."

유수프가 승리의 춤을 추며 물었다.

"그 공은 어디서 났어?"

"미국에서 사촌이 보내 줬어."

마젠이 환하게 웃으며 자랑했다.

이제 야세르가 두 아이를 불렀다. 야세르에게도 보여 주고 싶은 것이 있었다. 야세르는 주머니에서 감자를 꺼냈다.

"이걸 아부 아잠의 자동차에 집어넣자. 꼬리 파이프에 말이야."

세 소년은 길 건너 카페를 살펴보았다. 아부 아잠은 선풍기를 쐬며 회전의자에 앉아 있었다. 항상 그렇듯이 빨대로 당근 주스를 마시며 주사위를 굴렸다. 잔뜩 수선한 아부 아잠의 자동차-일부는 도요타, 일부는 혼다, 덤으로 러시아 부품이 가득 들어 있다.-는 언덕에 세워져 있었다.

유수프와 마젠이 고개를 끄덕였다. 아부 아잠의 자동차에는 반드시 감자를 찔러 넣어 줘야 한다. 아부 아잠은 비열하다. 아무 아이나 야단치고, 때리고, 귀를 비틀었다. 왜? 아무 이유 없이!

"서둘러."

마젠이 야세르 손에서 감자를 낚아채더니 앞장섰다. 야세르와 유수프가 뒤를 따랐다.

마젠이 몸을 숙이고 지그재그로 자동차에 다가갔다. 그동안 야세르와 유수프는 벽돌 더미 뒤에 숨어서 망을 보았다. 마젠이 돌아보자, 야세르와 유수프가 신호를 보냈다. 마젠은 감자를 꼬리 파이프에 쑤셔 넣고 손바닥으로 찰싹 때렸다. 그러고는 해변의 게처럼 종종걸음으로 친구들에게 돌아왔다.

"아부 아잠이 얼른 차를 출발시켜야 하는데."

유수프가 속삭였다.

"배가 고파야지. 점심시간이 지났으니까 금방 출발할 거야. 기다려."

야세르가 나지막하게 말했다. 아부 아잠의 배를 보면 한 끼도 거르지 않는 것이 분명했다.

아부 아잠이 카페의 남자들에게 인사를 하고 천천히 자동차 쪽으로 걸어갔다. 드디어 아부 아잠이 자동차에 올라탔다.

"잠깐, 저기 봐!"

야세르가 먼지를 뚫고 굉음을 내며 다가오는 이스라엘군의 호송차를 가리켰다. 네 대의 무장 차량이 줄지어 달려왔다. 군인들은 차 밖을 내다보고 있었다. 총을 겨누고 있는 군인들도 있었다. 모두 삼엄한 경계 중이었다.

"유수프, 저기! 네 형이야."

마젠이 유수프를 팔꿈치로 슬쩍 찔렀다.

유수프가 길 건너를 보았다. 나세르가 보도에 꼼짝 않고 서 있었다. 형이 뭘 보는 거지? 손에 든 저건 뭐지?

이스라엘군의 차가 더 가까이 돌진해 오고 있었다. 유수프는 다시 형을 보았다. 형이 돌을 들고 있나?

나세르는 보도에서 걸어 나와 길가에 섰다.

"나세르 형!"

유수프가 달려 나갔다. 자동차, 오토바이, 트럭들이 호송차에게 길을 비켜 주었다. 아부 아잠이 자동차에 열쇠를 꽂아 시동을 걸었다. 호송차가 거의 코앞까지 다가왔다.

"나세르 형, 안 돼. 엄마를 생각해야지. 아빠를 생각해야지."

유수프가 작은 목소리로 속삭였다.

호송차가 바로 앞까지 왔다. 나세르가 팔을 들었다. 유수프가 소리쳤다.

"나세르 형, 안 돼!"

유수프는 그것이 날아오는 것을 보지 못했다. 당연히 보이지 않았다. 쾅 하는 소리가 날카롭게 들렸다. 총소리일까? 아프고 화끈거렸다. 유수프가 뒤로 비틀거렸다. 온몸이 화끈거렸다.

"유수프!"

마젠이 다급히 외치는 소리가 들려왔다. 이내 모든 것이 사라졌다.

샘

예루살렘

샘은 의자에 가방을 던지고 식탁 앞에 털썩 주저앉았다. 주디 누나는 고개도 들지 않았다. 오늘도 아침은 오이와 토마토 샐러드, 삶은 달걀 두 개, 화이트 치즈, 올리브였다.

엄마가 행주를 들고 바삐 돌아다녔지만 사방에 부스러기투성이였다. 엄마는 12대째 예루살렘 주민이다. 에스터 이모할머니는 자기 조상이 모세 이전부터 이 땅에 살았다고 말했고 아무도 그 말에 토를 달지 않았다. 그래서 뭐? 에스터 이모할머니가 마늘 냄새를 풍기고 팔을 내저으며 이야기하는 것을 보면 모세보다 먼저 갈대 바구니를 타고 나일강을 떠내려갔을 것 같다. 이해가 안 돼도 할 수 없다.

아빠는 이리저리 라디오 채널을 돌렸다. 샘은 그 라디오가 이스라엘에서 가장 오래되었을 거라고 확신했다. 아브라함이 라디오의 원래 주인일 것이다.

샘은 삶은 달걀을 깨물었다. 노른자가 앞니에 들러붙었다.

"우리가 아직 살아 있는지 보자."

아빠가 라디오 채널을 93.9에 맞추었다. 아나운서가 축구팀과 새로운 축구장에 대해 이야기했다.

"축구 선수들에게 새로운 구장은 필요 없습니다. 월드컵에서 우승하는 것이 중요하죠. 프리마돈나들에게는 라마트간 스타디움이면 충분합니다."

아빠는 국군 방송 갈레이 자할을 틀었다. 정착민들에 대한 뉴스가 나왔다.

"광신적인 정착민들은 아랍 사람들만큼 위협적이지."

아빠가 툴툴거렸다. 샘은 접시에서 올리브를 찾았다.

"죽음을 숭배하는 적들"과 "우리 역시 권리가 있어……."라는 내용이 담긴 수상의 연설이 반복되었다. 그러더니 삐 소리가 났다.

"잠시 프로그램을 중단하고……."

웨스트뱅크의 키리아트 아르바 근처에서 네 명의 이스라엘인이 살해되었으며, 하마스(팔레스타인의 이슬람 무장 단체—옮긴이)가 자신들의 소행이라고 주장한다는 소식이었다.

샘이 접시를 밀어냈다. 모두들, 심지어 아빠도 조용해졌다.

하지만 얼마 뒤, 모든 것이 정상으로 돌아왔다. 하긴 여기에 정상 같은 정상은 없었다.

"새뮤얼, 스웨터 가져가. 방과 후에 피아노 수업 빼먹지 말고."

엄마는 행주를 접어 수도꼭지에 걸쳤다.

"걱정 마세요."

샘이 중얼거리며 쇠창살이 달린 부엌 창문을 내다보았다. 이스라엘의 집들은 모두 창문마다 쇠창살이 달려 있었다.

"다녀올게요."

샘이 엄마에게 소리쳤다.

"조심해. 휴대 전화 가져가고 학교에 도착하면 전화해."

엄마가 등 뒤에서 소리쳤다. 엄마는 항상 샘을 걱정했다. 샘은 전화를 들고 복도를 지나 현관으로 갔다.

샘이 집을 나서자 문이 쾅 닫히더니 자동으로 잠겼다.

샘이 살고 있는 주택 단지는 연분홍색의 예루살렘 돌로 지어졌다. 돌은 세상에 전하는 메시지를 담고 있다.

"우리는 피라미드만큼 오래가지 않는다. 그래도 우리는 영원하다."

샘은 배낭을 똑바로 메고 무화과나무 아래의 대문을 열었다. 무화과나무는 샘이 태어났을 때 엄마가 심었다. 샘이 계단을 내려가는 동안 등 뒤에서 대문이 철거덕 잠겼다.

이웃집의 아주 큰 개가 나지막하고 위협적으로 으르렁거렸다. 샘은 개에게 으르렁거려 주고는 마지막 네 계단을 단번에 뛰어내렸다.

로젠탈 씨가 올리브 나뭇가지를 자르고 있었다.

로젠탈 씨에게는 한나라는 딸이 있다. 한나는 결혼을 한 뒤 이사를 갔다. 샘은 한나에게 손을 흔들곤 했지만 한나는 결코 손을 흔들어 주지 않았다. 한나의 남편은 아이가 넷 딸린 홀아비였다. 이제는 둘 사이에서 태어난 아이만 여섯 명이었다. 한나의 남편은 하루 종일 토라(유대교의 율법-옮긴이)를 연구했다.

한나와 로젠탈 씨는 많이 싸웠다. 하루는 로젠탈 씨가 이렇게 소리 지르는 것을 이웃에 사는 모두가 들었다.

"네 남편이 결혼하고 나서 뭘 했어? 하루 종일 궁둥이를 붙이고 앉아 있느라 치질이나 걸렸지. 네 남편은 식충이야."

로젠탈 씨는 한나의 가족이 마알레 아두민에 살아서는 안 된다고 주장했다. 그곳은 이스라엘 땅이 아니라 팔레스타인 땅이라고 했다. 하지만 한나는 그곳은 예루살렘의 교외일 뿐이라고 했다.

로젠탈 씨가 보이지 않을 때면 샘은 주먹을 치켜들고 이마를 찡그리며 말했다.

"네 행동은 이스라엘을 위한 것이 아냐!"

샘은 로젠탈 씨의 목소리를 멋지게 흉내 냈다.

오늘 어떻게 피아노 수업을 빠질까? 샘은 피아노를 그만두고 싶었다.

하지만 엄마는 그런 샘에게 말했다.

"말도 안 돼. 우리 유대인이 그렇게 쉽게 포기했다면 5000년 동안 살아남지 못했을 거야."

마치 피아노를 그만두는 것이 태곳적 유대인들을 실망시키는 일인 것처럼 말이다.

샘은 좁은 길을 내려가 붐비는 거리로 향했다.

이웃에 사는 아나 바이스 부인이 피부병을 앓는 강아지와 함께 걸어가고 있었다. 부인은 항상 샘에게 난처한 질문들을 했다. 그래서 샘은 담장 뒤에 숨어서 부인이 모퉁이를 돌기를 기다렸다.

부인이 사라졌을 무렵, 샘은 길로 나와 주위를 둘러보았다. 아리는 어디 있지? 샘과 아리는 매일 아침 이 모퉁이에서 만났다.

"샘, 여기야!"

아리가 건너편에서 손을 흔들었다. 허공에 뭔가를 들고 있었다. 새로운 축구공인가?

"어서 와."

아리가 소리치며 공을 양쪽 무릎으로 튕겼다.

샘이 손을 들어 인사했다. 그리고 고개를 오른쪽 왼쪽으로 돌려서 살폈다. 아무것도 보이지 않았다. 샘이 웃으면서 달렸다.

　그때, 군용 트럭이 모퉁이를 돌아 돌진해 왔다. 샘은 트럭이 달려오는 길로 들어섰다.

❖

평화를 원한다면 친구가 아니라 적에게 말을 걸어라.

−모세 다얀(1915~1981)

이스라엘 외무장관, 국방장관, 이스라엘군 참모장

❖

불만을 드러내지 않으면 결코 흘려보내지 못한다.

−이젤딘 아부엘아이시

세 딸을 폭격으로 잃은 팔레스타인 의사,

〈그러나 증오하지 않습니다〉의 저자

차례

예루살렘과 주변 지역

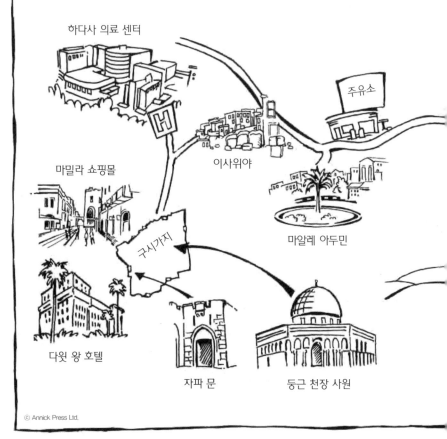

하다사 의료 센터

주유소

마밀라 쇼핑몰

이사위야

구시가지

마알레 아두민

다윗 왕 호텔

자파 문

둥근 천장 사원

© Annick Press Ltd.

하다사 의료 센터

인종과 종교에 관계없이 모든 환자를 공평하게 치료함으로써 평화의 다리 역할을 한다. 2005년
에는 노벨 평화상 후보에 올랐다. 팔레스타인에 사는 누구라도 이곳을 이용할 수 있다. 하다사
의료 센터는 예루살렘의 엔케렘과 스코푸스 산에서 대학 병원을 운영하고 있다.

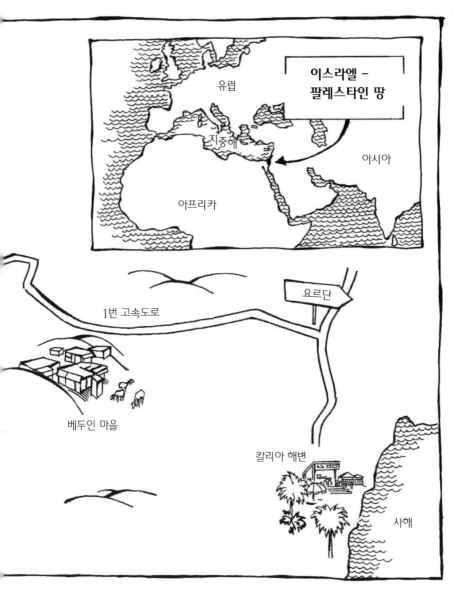

구시가지

예루살렘에 있는 오래된 시가지로 기원전 1004년에 세워졌다. 유대교인, 이슬람교인, 기독교인 모두에게 성스러운 곳이다. 몇 천 년 동안 이곳에 정착촌들이 세워졌다. 현재 남아 있는 벽들은 1500년 초반에 세워진 것들이다. 분쟁이 벌어질 가능성이 크기 때문에 보안이 철저하다.

1장
하다사 병원

샘은 목발을 짚고 사다리, 페인트 통, 비닐 뭉치, 접이식 위험 표지판 들을 빙 돌아갔다. 하다사 병원은 항상 건설 중이었다. 해체라는 말이 더 어울릴지도 모르겠다. 공사장 인부들은 항상 뭔가를 부수었다. 샘은 전에 다리 수술을 받기 위해 하다사 병원의 엔케렘 병동에 입원했다. 그런데 하다사 병원의 스코푸스 산 병동은 더 작고, 더 멋졌다. 심지어 공사 중인데도 더 조용했다.

샘은 간호사실을 지나 왼쪽으로 돌더니 엘리베이터로 갔다. 초경량 알루미늄 목발을 짚은 채였다. 목발에 덧댄 고무 때문에 벌써부터 겨드랑이가 아파 왔다. 오른쪽 다리와 오른발에는 벨크로가 달린 푹신한 부츠가 감싸져 있었다. 깁스가 아니었다. 다리와 발이 어딘가에 부딪혀도 아프지 않게 보호해 주기 위한 것이었다. 샘은 엘리베이터의 '아래로' 버튼을 눌렀다. 어서, 어서. 샘은 엘리베이터 문이 열리기를 간절히 바랐다.

"어디 가니?"

크고 엄격하고 걸걸한 목소리가 들려왔다. 젠장. 샘이 고개를 흔들었다.

"다른 층으로 가면 안 돼. 한 시간만 있으면 저녁 시간이야."

샘이 멀쩡한 다리로 깡충거리며 몸을 돌리더니, 크고 표정 없는 얼굴을 똑바로 바라보았다. 부스스한 빨간 곱슬머리는 사방으로 뻗쳐 있었다. 이름이 뭔지는 모르지만, 머리카락이 뱀인 그리스 여신 같았다. 게다가 눈썹은 날아오르는 까마귀 날개를 접착제로 이마에 붙여 놓은 것 같았다. 도로 표지판만큼 커다란 이름표는 불룩 튀어나온 가슴 위에서 달랑거렸다. 이름표에는 '루바'라고 씌어 있었다. 튜바(큰 나팔 모양의 금관 악기—옮긴이)와 마지막 글자가 맞아떨어졌다. 그러고 보니 정말로 튜바를 조금 닮았다.

"엄마가 로비에 있대요."

샘은 뻔뻔스럽게 거짓말을 했다. 자, 튜바—루바가 어떻게 나올까?

"한 시간 안에 돌아와야 해."

튜바—루바는 러시아 간호사였다. 히브리어로 말을 할 때는 마치 목구멍 안쪽에서 침을 모아 뱉듯이 했다. 튜바—루바가 돌아서더니 쿵쾅거리며 멀어졌다.

엘리베이터 문이 열렸다. 샘이 로비를 누르고 얼굴을 찡그렸다. 문이 닫히고 엘리베이터가 내려갔다.

로비에서 엘리베이터 문이 열렸다. 병원의 일꾼이 휠체어 뒤에 서서 엘리베이터를 기다리고 있었다. 남자는 샘에게 고개를 까닥였다. 먼저 내리라는 뜻이었다. 샘이 옆 걸음으로 엘리베이터에서 내리자 남자가 휠체어를 돌리더니 뒷걸음질로 엘리베이터에 탔다. 휠체어에 앉은 아이가 샘을 올려다보았다. 한쪽 눈에 검은 안대를 하고 있었다. 다른 쪽 눈은 꿰뚫어보듯이 날카로웠다. 두 소년의 시선이 얽혔다.

아이는 샘과 동갑인 열네 살 정도로 보였다. 피부는 올리브색이고, 검은 머리카락은 덥수룩하고, 어깨가 솟은 것이 키가 커 보였다. 샘은 아이의 발을 찬찬히 보았다. 싸구려 운동화. 틀림없이 이 아이는 팔레스타인 사람이고, 기독교인이 아니라 이슬람교인일 것이다. 굉장해. 아랍 해적이 여기에 있다니.

엘리베이터 문이 닫히더니 해적 소년이 사라졌다. 샘은 두 개의 목발을 움직였다. 두 달 전에 사고를 당한 뒤로 상체의 힘은 아주 좋아졌다. 샘은 창문에 비친 자신을 바라보았다. 허리 위쪽은 미국 텔레비전 쇼에 나오는 배우처럼 멋졌다. 허리 아래쪽의 다리는 음, 좀 그랬다.

"샘, 여기야."

알리나가 로비 끝에 있는 의자에 기대어 있었다. 알리나를 못 보고 지나치기는 힘들었다. 알리나의 푸른 단발머리가 형광등 불빛을 받아 금속처럼 반짝였다. 게다가 앞머리는 클레오파트라처럼 일자였다. 나탈리 포트만처럼 아름다웠다. 저 가발 아래 민머리가 숨겨져 있다 해도 상관없었다.

"안녕."

첫 만남은 아니었다. 그래도 샘은 더 멋진 인사말이 있었으면 했다.

"영원히 안 오는 줄 알았네."

알리나가 미소 지었다.

샘은 괜히 얼굴을 붉혔다. 알리나는 여자 친구가 아니었다. 둘 다 병원에 갇히지 않았다면 서로를 알지 못했을 것이다. 암에 걸렸든 그렇지 않든, 알리나는 촉망 받는 테니스 선수였다. 그런 알리나가 무엇 때문에 다리를 잘라야 할지도 모르는 소년과 대화를 나누는 것일까?

"간호사한테 검문을 당했어."

샘이 말했다.

알리나가 고개를 끄덕였다. 알리나는 일 년 넘게 병원을 오갔다. 그러니 설명은 필요 없었다. 이미 무슨 얘기인지 알아들었다.

"다음에는 늦으면 문자를 보낼게. 오늘 밤에 새 전화기를 받거든."

샘이 말했다. 병원에서 휴대 전화는 쓸 수 없었다. 하지만 아무도 그 규칙을 강요하지는 않았다.

"내 전화번호 바뀌었는데."

알리나가 반짝이는 휴대 전화를 주머니에서 꺼내 빙빙 돌렸다.

"네 전화번호는 입력해 뒀어. PR에 갈래, 카페에 갈래?"

"PR."

샘이 말했다.

"좋아."

알리나가 자리에서 일어나 링거 걸이를 밀며 앞장섰다. 투명한 액체 주머니 아래로 가느다란 튜브가 늘어져 있었다. 튜브는 알리나의 팔로 이어졌다. 샘은 링거 걸이와 액체 주머니가 없는 알리나의 모습은 보지 못했다.

"조용하겠는데."

알리나가 비어 있는 방 문 앞에서 말했다.

PR은 놀이방이었다. 하지만 어떤 놀이방이 열네 살짜리를 받아 줄까? PR은 응급실 옆에 있었다. 컴퓨터들이 한쪽 벽에 늘어서 있고 색칠 테이블이 다른 쪽 벽을 따라 줄지어 있었다. 테이블에는 크레용이 담긴 플라스틱 통들이 놓여 있었다. 인조 가죽 소파와 커다란 의자들이 여기저기 흩어져 있고 한가운데에는 원뿔 모양의 모형 우주선이 있었다. 우주선에는 풀밭에서 춤추는, 악령 같은 금발의 아이들이 그려져 있었다. 이 우주선은 이스라엘이 건국된 1948년에 지어진 방공호였다. 방공호에는 열 개의 자리가 있었다. 11번째 아이는 엄청 운이 없군. 샘은 입술을 비쭉거리며 생각했다. 안내판에는 하다사 병원이 방공호 주위에 지어졌다고 씌어 있었다. 말도 안 되는 소리였다.

알리나가 의자에 편하게 주저앉았다. 샘은 아픈 오른쪽 다리를 뻗은 채로 소파에 앉았다. 당황스럽게도 소파가 방귀 소리를 냈다.

"다리는 어때?"

알리나가 물었다.

"아직 붙어 있지."

샘은 무덤덤한 척했다. 다리를 잃어버리는 것이 우산을 잃어버리는 것만큼 일상적인 일이라도 되는 듯이. 내가 무엇을 불평할 수 있지? 알리나는 목숨을 잃을 수도 있었다. 때로는 다리를 잃느니 차라리 죽는 것이 낫다고 생각했지만.

"이제 사고가 기억나?"

다른 사람들이 똑같은 질문을 할 때는 화가 났지만 알리나가 물을 때는 왠지 자신을 걱정해 주는 것처럼 느껴졌다.

"아침을 먹던 것이 기억나. 아빠는 라디오를 들었지. 어딘가에

서 공격이 있었고 폭격이 있었어. 아빠는 항상 속상해하지. 아무 말도 하지 않고, 티를 내지는 않지만. 고모가 자살 폭탄 공격으로 죽었거든."

"안됐다."

알리나가 중얼거렸다.

샘이 어깨를 으쓱였다. 뭐라고 대답할 말이 없었다. 많은 사람들이 폭탄 공격으로 또는 인티파다(팔레스타인 사람들이 이스라엘에 반대하는 저항 운동—옮긴이)로 누군가를 잃었다. 팔레스타인 사람들은 웨스트뱅크와 가자 지구와 이스라엘에 사는 이스라엘 사람들을 공격했다.

"고모는 스물다섯 살이었어. 고모는 내게 이야기책을 읽어 주곤 했지. 내가 가장 좋아했던 이야기는 〈디라 레하스키르—아파트를 빌려 드립니다〉였어."

알리나가 손뼉을 쳤다.

"'어느 아름다운 골짜기, 포도밭과 들판 사이에 5층짜리 탑이 있다. 그 탑에는 사이좋은 이웃들이 지금도 행복하고 평화롭게 살고 있다.' 우리 할머니도 항상 읽어 주셨는데."

"우리 고모는 농담도 잘했어. 항상 영어로만. 고모는 뉴욕에 있는 대학에 붙었거든. 고모는 내가 미국 학교에 다니고 싶다면 영어 공부를 열심히 해야 한다고 했어. 고모가 들려주던 농담이 기억나. 들려줄까?"

샘이 물었다.

알리나가 고개를 끄덕였다.

"똑, 똑."

"누구세요?"

알리나가 킬킬거렸다.

"사스차예요."

샘이 이마를 찡그렸다.

"사스차 누구?"

알리나가 물었다.

"'사스차 넌 질문이 많군.'이에요!"

샘은 노인처럼 헛소리를 했다. 알리나가 얼굴을 찡그렸다.

"내가 일곱 살일 때는 훨씬 재미있었어. 우리 가족 중에 농담을 하는 사람은 고모뿐이었거든."

샘이 말을 멈췄다. 샘은 그 농담을 고모가 살해된 이후에도 수없이 했다.

"넌 뭘 하고 있었어? 네가 차에 치이던 날에 말이야."

알리나가 물었다.

"난 학교에 가려고 나왔어. 로젠탈 씨 집을 지났지. 로젠탈 씨는 정말 좋은 사람이지만 항상 딸과 싸웠어. 딸이 광신도와 결혼해서 이사를 가 버린 뒤에 더 심하게 싸웠지."

샘은 식식대면서 고함을 지르는 로젠탈 씨를 흉내 냈다.

"정착촌 사람들은 잘못됐어. 네 자식들을 생각해 봐. 이스라엘
을 생각해 봐. 우리에게는 평화가 필요해."

샘은 고개를 비틀고 두 손을 내밀면서 애원했다.

알리나가 킬킬거렸다. 그러다 갑자기 아주 심각해졌다.

"우리도 평화를 원해. 그치? 내 말은 우리 모두 평화를 원한다
는 거야."

"그래, 하지만 그건 양방향 도로야."

샘은 말하고 나서 생각했다. 정말 이상한 말이네.

"미안, 네 이야기를 다시 해 보자."

알리나는 진지했다.

"아나 바이스 부인을 피해 숨었던 것이 기억나. 부인은 시끄러
운 이웃이야. 피부병을 앓는 못생긴 강아지를 마치 팔찌처럼 끼고
다녀. 전에는 가방에 강아지를 담아 다녔는데 강아지가 계속 오줌
을 싸는 거야. 이제는 부인의 팔에다 오줌을 싸지."

알리나가 웃었다. 샘은 알리나의 웃음소리가 여태껏 들어 본 어
떤 소리보다 좋다고 생각했다.

"그리고 거리로 나왔어. 아리가 길 건너에서 손을 흔들었어. 아
니, 어쩌면 소리를 질렀을 거야. 그 뒤로는 아무것도 기억나지 않

아. 아리는 병원에 오지 않아. 병원이 무서운가 봐."

둘 다 점점 말이 없어졌다. 알리나도 암을 앓고 난 이후 친구들을 잃었다.

알리나의 미소가 사라지고 목소리가 낮아졌다.

"우리가 처음 만났던 때 기억나? 주간 진료소에서 말이야."

샘이 고개를 끄덕였다. 어떻게 기억이 안 나겠어? 그때 알리나는 갈색과 금색 머리카락을 포니테일로 묶고 있었다. 알리나가 말을 걸었을 때, 샘은 너무 놀라서 한 마디도 대꾸하지 못했다. 샘은 신문에서 알리나의 사진을 보았기 때문에 단번에 알아보았다. 알리나는 국내 테니스계를 정복하고 이스라엘을 세계 테니스계에 알릴 차세대 유망주였다.

"간호사들이 진료소에서 하는 얘길 들었어. 네가 사고 후에 3분 동안 죽었었다고 하던데. 죽었던 건 기억나?"

알리나가 눈을 크게 뜨고 몸을 숙인 채 샘의 대답을 기다렸다.

"아무것도 기억나지 않아."

샘은 알리나의 눈을 똑바로 바라보았다. 맑은 하늘빛이었다. 그 순간 샘은 깨달았다. 나는 왜 이렇게 멍청하지? 나는 죽었었고, 알리나는 죽어 가고 있었다.

샘이 고개를 흔들었다.

"아무것도?"

알리나가 다시 물었다.

뭐라도 꾸며 내야 할까? 죽음에 대해 무슨 말을 하지? 하얀 빛에 대해 말해야 할까?

"병실로 돌아가서 저녁을 먹어야 해."

샘이 슬프게 말했다. 정말로 샘은 할 말도, 도울 방법도 생각나지 않았다.

알리나가 비틀대며 일어섰다. 눈에는 눈물이 고여 있었다. 알리나는 밖으로 걸어 나가더니 반대쪽 엘리베이터로 향했다. 샘도 뒤를 따랐다.

"저녁 먹고 뭐 할 거야? 커피 마시자."

"문자 보낼게."

알리나가 뒤돌아보며 미소를 짓더니 걸어가 버렸다.

샘은 알리나를 지켜보았다. 알리나는 링거 걸이만큼이나 가느다랬다.

샘은 엘리베이터를 타고 자신의 병실이 있는 층에서 내렸다. 간호사실을 지나 오른쪽으로 돌아 위험 표지판과 쓰레기 들을 에둘러 목발로 균형을 잡으며 병실 문을 밀었다. 문이 쾅 하고 열리면서 해적 소년의 멀쩡한 눈과 마주쳤다.

2장
룸메이트

샘이 병실 앞에 서 있는데 튜바-루바가 등 뒤에서 나타났다. 기습이었다.

"그래, 돌아왔구나."

튜바-루바가 곰 발바닥 같은 손을 샘의 등에 대더니 살짝 밀었다. 샘은 튜바-루바를 노려보았다.

병실은 작고 연한 푸른색으로 칠해졌다. 한쪽 벽에 두 개의 사물함이 있고 두 침대 사이에는 커튼이 있었다. 샘의 침대는 창가에 있었다. 문가의 해적 소년은 다윗의 별이 찍힌 시트를 덮고 있었다.

"피 엔다쿰 구르파."

튜바-루바가 말했다. 해적 소년이 간호사에게 짜증스러운 미소를 지었다. 샘은 그 말이 무슨 뜻인지 몰라 눈동자를 굴렸다. 하지만 튜바-루바의 아랍어가 히브리어만큼 형편없다는 것은 알아차렸다.

"샘, 파자마로 갈아입고 유수프에게 인사해."

튜바-루바는 인사를 시키는 것이 아니라 명령을 했다. 샘은 고개를 끄덕였지만 입은 열지 않았다. 아마도 해적 소년은 히브리어를 모를 것이다.

"유수프, 샘에게 인사해."

유수프가 고개를 갸우뚱하고는 멀쩡한 눈으로 바라보았다. 유수프는 빛이 밝으면 또렷이 볼 수 있었다. 샘은 자기 또래인 열네 살쯤 되어 보였다. 연한 갈색 머리에 피부는 하얗고 턱이 각진 얼굴이었다. 간호사가 히브리어로 말하는 것을 보면 소년은 이스라엘 사람이 분명했다.

튜바-루바가 커튼을 쳤다. 커튼이 중간에서 걸렸다. 하지만 러시아어로 욕을 하면서 커튼을 잡아당기자, 병실은 둘로 나뉘었다. 회색과 푸른색이 섞인 커튼이 샘에게는 벽 같았다.

유수프는 커튼 뒤의 그림자가 왔다 갔다 하는 것을 보았다. 튜바-루바는 이스라엘 소년이 침대에 오르도록 도와주었다. 그리고 커다랗고 푹신한 부츠를 벗겨 사물함에 넣었다. 이스라엘 소년의 발에 무슨 문제가 있나? 아니면 다리에?

"새뮤얼, 유수프도 전에 엔케렘 병동에 있었다는데. 유수프는 히브리어를 완벽하게 할 줄 알아. 둘이 만난 적 있니?"

다시 커튼이 걷히자, 튜바-루바의 걸걸한 목소리가 소프라노로 높아졌다. 유수프는 침대에 누워 있는 이스라엘 소년을 넘겨다보았다. 소년은 행복해 보이지 않았다.

샘은 해적 소년을 바라보았다. 저 해적 소년이 히브리어를 완벽하게 할 가능성은 없어 보였고, 둘은 만난 적도 없었다.

"다리 좀 보자."

튜바-루바는 새로운 아랍인 룸메이트가 지켜보는 가운데 '실례하지만'이라는 말도 붙이지 않고 침대 시트를 걷더니 코를 킁킁거렸다. 튜바-루바는 샘이 괴저에 걸렸다고 생각했다.

샘은 발 위로 시트를 다시 잡아당겼다.

"꺼져요!"

샘은 튜바-루바가 싫었다. 프랑스 담배와 프랑스 비누 냄새를 풍겨서가 아니었다. 물론 프랑스 비누 냄새는 속이 느글거릴 만큼 달콤했다. 러시아 사람이어서도 아니었다. 많은 이스라엘 사람들이 러시아계 유대인은 나라를 망치는 속물이거나 해로운 범죄자라고 말했지만 말이다. 샘은 튜바-루바가 거들먹거려서, 남의 말을 듣지 않아서, 자기를 아이처럼 다뤄서, 그리고 이스라엘에는 문화가 없다고 말해서 싫었다. 치, 이스라엘에는 문화가 풍부했다. 문화가 무엇을 의미하든 말이다. 어쨌든, 샘은 튜바-루바가 싫었다.

"다리 아프니?"

튜바-루바가 다시 시트를 걷더니 샘의 아픈 다리를 잡고 종아리를 마사지했다.

샘은 아파서 움찔했지만 티를 내지 않았다. 튜바-루바를 기쁘게 하고 싶지 않았다. 샘의 복사뼈는 오렌지만 했다. 지난번에 감염이 이렇게 심했을 때는 병원에서 한쪽 다리뼈를 아픈 다리에 이식하자고 했다. 열이 아주 심하지 않았는데도 말이다. 내일 샘은 MRI와 X-ray를 찍은 다음 놀라운 신약을 처방 받을 것이다. 샘은 그 모두에 대해 이미 이야기를 들었다. 중요한 것은 샘이 여전히 자신의 다리와 발가락을 느낀다는 점이었다. 다시 말해 샘은 여전히 통증을 느꼈다.

유수프는 계속해서 이스라엘 소년을 훔쳐보았다. 유수프는 두 달간 병원에 있으면서 친구 한 명을 사귀었다. 캠프에서 다리가 부러진 아트라는 미국 소년이었다. 아트는 유수프에게 두 가지를 가르쳐 주었다. 첫째, 이스라엘 사람들과 미국 사람들은 팔레스타인 사람들에 대해 거의 아무것도 모른다는 것. 둘째, 'P'를 발음하는 방법. 아랍어에는 'P' 발음이 없었다. 아트는 직접 보여 주는 것을 좋아했다.

"계속 피스스스스 소리를 내 봐. 그리고 팡 하는 소리를 만들어

봐. 입술을 붙이고, 이렇게."

아트는 침을 뱉으며 이 과정을 반복했다. 둘은 몇 시간 동안 연습했다.

"누군가의 말이 마음에 들지 않으면 '닥쳐!'라고 말해."

아트는 "닥쳐!"라고 말하는 법도 보여 주었다. 그러던 어느 날 아트의 엄마가 뉴욕에서 찾아와 짐을 쌌고, 그것으로 끝이었다. 여전히 유수프는 'P' 발음을 연습하고 있었다.

"일어나고 싶으면 간호사를 불러."

튜바-루바가 시트를 정리하고, 블라인드를 내리고는 마침내 정박하는 전함처럼 돌아섰다.

"유수프, 내일 아침에 네 의안을 검사할 거야. 지금부터는 착하게 쉬어야 해."

튜바-루바가 두 소년을 사납게 바라보더니 몸을 돌렸다.

샘의 귀가 쫑긋거렸다. 의안이라고? 그러면 저 소년이 의안을 했다는 얘기야? 아니면 의안을 할 거라는 얘기야? 어쨌든 해적 소년은 머리에 구멍이 있었다.

"메르카바."

유수프가 나지막하게 중얼거렸다.

튜바-루바는 그 말을 듣지 못했다. 아니면 듣고도 듣지 못한 척 했다. 튜바-루바는 뒤돌아보지 않고 그대로 병실을 나갔다. 해적 소년이 메르카바라고 했나? 이스라엘 육군의 탱크 이름 아닌가?

샘은 자신의 룸메이트를 가만히 바라보았다. 아랍인 해적 소년은 죽은 물고기처럼 침대에 누워 있었다. 아랍인은 우정을 나눌 상대는 아니었지만 샘에게는 친구가 필요했다. 물론 알리나가 있지만 매일 조금씩 더 아팠다. 사람들이 보내 주는 분홍색 풍선들이 알리나의 병명을 바꾸지는 못 할 것이다. 그런데 왜 사람들은 암 환자가 분홍색 풍선을 좋아한다고 생각하지?

"여기 왜 왔어?"

샘이 물었다. 대화를 시작하는 일반적인 질문이었다.

"검사하러."

유수프가 어깨를 으쓱였다. 일반적인 대답이었다.

샘은 해적 소년의 간단한 대답을 곱씹으며 아랫입술을 깨물었다. 좋아, 나와 친구가 되고 싶어 하지 않는다면 적일지도 몰라.

"뭘 찾으려고? 뇌세포?"

멋졌다. 샘은 그 말을 하고는 속으로 기뻤다.

"눈이 감염됐어."

유수프가 받아쳤다.

"어떤 눈이 감염됐는데? 사라진 눈, 아니면 앞이 보이지 않는 눈?"

샘이 환하게 웃었다. 능글맞은 웃음이었다.

유수프가 시트를 끌어당겼다.

"날 내버려 둬."

"넌 히브리어를 하지만 아랍인이지?"

샘은 호기심이 일었다. 아랍 사람들은 모두 돌 던지기나 지하드의 위대함을 가르치는 광신적인 무슬림 학교에 다닌다는데 어떻게 히브리어를 배웠지?

유수프는 소년의 말을 무시했다.

"파이럿(해적-옮긴이)'이라고 해 봐."

샘이 침대에 몸을 걸치고 영어로 말했다.

유수프가 고개를 흔들었다.

"맞다. 너는 'P' 발음을 못하지."

"피스 오프(꺼져.-옮긴이)."

유수프가 쏘아붙였다.

샘의 눈썹이 치켜 올라갔다.

"영어를 할 줄 알아?"

유수프가 어깨를 으쓱했다. 제멋대로 생각하라지. 유수프는 영어를 잘 못하지만 아빠는 아랍어와 히브리어뿐만 아니라 영어도 잘했다. 유수프 또래의 팔레스타인 아이들 중에는 히브리어를 할 줄 아는 아이가 많지 않았다. 유수프의 친구들은 히브리어를 배우는 건 시간 낭비라고 말했다.

"유대인의 말은 입안의 먼지 같아."

특히 나세르 형이 비웃었다. 하지만 아빠는 유수프에게 말했다.

"어느 날 모두가 싸움에 지쳐서 평화가 찾아오면, 내 아들아, 너는 이웃들과 대화를 나눌 수 있을 거야."

유수프가 샘에게 물었다.

"넌 아랍어를 할 줄 알아? 이스라엘 사람은 몇 명이나 아랍어를 할 줄 알지? 네 가족도 다른 이스라엘 사람들만큼 무식하냐? 아, 너를 이스라엘 사람이 아니라 유대인이라고 불러야겠지? 난 팔레스타인 사람이야."

"유대인이 아닌 이스라엘 사람도 많아. 그리고 우리 가족은 무식하지 않고. 우리 아빠는 대학 교수야. 네가 대학에 대해 뭘 알겠냐. 어쨌든 이스라엘 사람들은 아랍 지역에 못 가게 되어 있어. 납치당하거나 살해당할 수도 있거든. 그런데 내가 무엇 때문에 아랍어를 배워야 하지?"

"우리 아빠도 대학에 다녔고, 나도 대학에 들어갈 거야. 그리고 넌 걱정할 필요 없어. 팔레스타인 사람들은 너를 죽이지 않을 거고 너에게 관심도 없으니까."

유수프는 낮고 단호하게 말했다.

"안심시켜 줘서 고맙다. 어쨌든, 병원에는 왜 온 거야?"

샘이 받아쳤다.

"말했잖아, 눈이 감염됐다고."

유수프가 벽 쪽으로 돌아누웠다.

해적 소년을 무시해 버릴 수도 있었다. 하지만 애꾸눈이 아랍 해적을 만나는 건 쉬운 일이 아니었다. 해적 소년은 예루살렘의 아랍인 지역에 살 수도 있지만 대부분의 팔레스타인 사람들처럼 웨스트뱅크에 살지도 모른다.

"어디서 왔어?"

"플라토."

유수프가 고개를 돌리고 이스라엘 아이를 빤히 쳐다보았다.

"아, 플루토. 명왕성 말이구나. 넌 외계인이네. 눈은 어떻게 잃었어?"

"이스라엘 군인이 쐈어."

유수프가 미소를 지었다.

"이스라엘 군인들은 실수를 하지 않아."

샘이 고개를 돌리고 유수프에게 히죽 웃었다. 안대 뒤에 정말 구멍이 있을까? 아주 볼만하겠지? 해적 소년의 멀쩡한 눈도 그렇게 좋아 보이지는 않았다. 샘은 두 눈이 안 보이는 것보다는 한쪽 다리가 아픈 것이 낫다고 생각했다. 그리고 눈이 보이지 않는 미술상이나 큐레이터는 많지 않았다. 샘이 좋아하는 것은 미술, 그중에서도 그림이었다. 때로는 샘조차도 자신이 그림을 좋아하는 것이 이상하게 느껴졌다. 그래서 로젠탈 씨를 제외한 누구에게도 그림에 대해 이야기하지 않았다.

"이스라엘군은 임신부들을 무서워하는 술주정뱅이, 망나니, 멍청이들이야."

유수프가 받아쳤다.

"임신부들이 폭탄을 얼마나 많이 숨기고 다니는지 알아?"

"내 말이 그거야. 너희 멍청한 군인들은 아기와 폭탄도 구분하지 못하잖아. 그러는 넌 여기 왜 왔는데?"

유수프가 물었다.

"자살 폭탄 테러범이 나를 공격했어. 내가 볼일을 보고 있는데 폭탄이 팡 터졌어. 난 여기 있지만 그 폭파범은 수백만 조각으로 찢겼지. 내가 이긴 거야."

샘은 두 손을 들고는 뒤로 털썩 드러누웠다.

유수프도 베개로 풀썩 넘어갔다. 유수프는 이스라엘 아이를 믿지 않았다. 음, 저 아이도 그렇겠지만 무슨 상관이야? 유수프에게는 걱정거리가 많았다. 이를테면, 자신의 멀쩡한 눈이 갑자기 가렵다는 사실 같은. 유수프는 샘에게 등을 돌리고 벽을 바라보았다. 멀쩡한 눈까지 시력을 잃으면 어떡하지? 그 생각을 하자, 심장이 쿵쾅거렸다. 하지만 이스라엘 아이에게 겁에 떠는 모습을 보이느니 차라리 죽는 게 나았다.

3장

부모님들

샘의 엄마가 서둘러 병실로 들어왔다. 오른손에는 불룩한 서류 가방이 들려 있고, 엉덩이에서는 조그만 여행 가방이 달랑거렸다. 왼손에는 푸른색과 하얀색의 맥도날드 로고가 찍힌 종이 가방이 쥐어져 있었다. 샘은 한숨을 쉬었다. 엄마는 분명히 햄버거가 대단한 음식이라고 생각했을 것이다. 샘은 햄버거를 좋아하지 않았다. 하지만 그런 말을 하지는 않을 것이다. 엄마도 패스트푸드를 싫어한다. 그런데도 유대교 율법에 따라 만든 햄버거를 사기 위해 예루살렘 반대편까지 다녀왔을 것이다. 몇 개의 맥도날드 매장만이 유대교 율법에 따라 햄버거를 만들었다. 이상하게도 샘의 가족은 집이 아니라 병원에서 유대교 율법을 더 지켰다. 엄마는 평소와 달리 유대교 율법을 충실히 따랐다. 어쨌든, 샘은 랜치를 더 좋아하지만 엄마가 사 온 건 빅맥이었다. 그것도 치즈가 없는 빅맥.

엄마가 침대에 딸린 쟁반을 빼내더니 음식을 꺼냈다.

"괜찮니?"

엄마가 샘의 룸메이트 쪽으로 고개를 까닥였다.

샘은 죽은 물고기처럼 눈이 흐리멍덩한 해적 소년을 넘겨다보더니 어깨를 으쓱였다.

"그럼요."

"전화기랑 충전기야. 충전이 끝나지 않았어. 변기에 빠뜨리지 않게 조심해."

엄마가 전화기를 건네고는 펼쳐 놓은 종이 위에 햄버거 껍질을 벗겨 놓았다.

"케첩 줄까?"

샘이 고개를 끄덕였다.

"맞다, 로젠탈 씨가 이걸 주더라."

엄마가 책을 건넸다.

루벤 쿠키어의 예술에 대한 책이었다. 샘은 책장을 넘기다가 머리 세 개가 쌓여 있는 그림을 보고 활짝 웃으며 휘파람을 불었다.

"로젠탈 씨 얘기로는 네가 종종 미술 책들을 봤다던데, 사실이야?"

엄마가 호기심 어린 눈으로 샘을 바라보았다.

샘은 눈을 들지 않고 고개를 끄덕였다. 그러고는 책장을 휙휙

넘겼다. '욕망의 도시'라는 그림이 나왔다. 그림 속의 여자는 알리나를 조금 닮았다. 알리나가 푸른 눈이라는 것만 빼면.

"로젠탈 씨도 오려고 했는데 시바(유대인이 장례식 후에 상복을 입는 7일간-옮긴이) 중이거든."

엄마가 말했다.

"왜요? 누가 죽었어요?"

샘이 눈을 들었다.

"로젠탈 씨의 딸과 손자가 점령지에서 버스를 타고 가다 살해되었대. 딸 이름이 뭐였더라?"

엄마는 차분히 말했지만 아랫입술은 떨고 있었다.

"한나요."

샘이 중얼거렸다. 손가락이, 점점 손이 차가워졌다.

엄마는 눈물을 참고 있었다. 이스라엘 사람들은 사브라를 닮았다. 사브라의 겉은 거칠고 강인하지만 안은 섬세하고 달콤하다. 엄마도 겉은 달콤하지 않지만 배려심이 많았다. 샘은 그걸 알았다.

엄마가 숨을 깊게 들이쉬더니 이야기를 계속했다.

"에스터 이모할머니가 너를 보러 오실 거야."

"에스터 이모할머니요?"

샘이 놀랐다. 샘과 엄마는 고개를 돌려서 옆 침대의 아랍인 아이를 바라보았다. 에스터 이모할머니는 아랍 사람들에게 관대하지 않았다. 아니, 그 정도가 아니었다.

"잊지 마라, 새뮤얼. 이 땅은 시간이 시작될 때부터 우리 땅이었고, 시간이 끝날 때까지 우리 땅이야."

이모할머니는 기회가 있을 때마다 샘의 귀에 이렇게 속삭였다.

"전화 좀 할게."

엄마가 휴대 전화를 들고 서둘러 나갔다.

샘은 가슴에 책을 올리고 휴대 전화를 살펴보았다. 알리나가 세 통의 문자를 보냈다.

"올 거야? 난 한 시간 안에 로비로 갈 거야."

마지막 문자였다.

엄마가 병실로 돌아왔다.

"위기는 피했어! 에스터 이모할머니한테 네가 자고 있다고 했어."

엄마가 샘의 귀에 속삭였다. 샘이 고개를 끄덕였다. 아마 어느 집이든 에스터 이모할머니 같은 사람이 있을 것이다.

"로젠탈 씨는 괜찮아요?"

샘이 다시 책을 보며 물었다.

엄마가 고개를 흔들었다.

"마지막으로 딸을 만났을 때 별로 좋지 않았나 봐."

샘은 아버지와 딸 사이에 고함이 오간 것을 기억했다. 샘이 로젠탈 씨의 정원을 넘겨다보았을 때, 손자들이 놀고 있었다. 아이들은 더워 보이는 어두운 색 옷을 입고 키파(유대인 남자들이 종교 계율에 따라 기도 중에 쓰는 작은 모자—옮긴이)를 쓰고 귀 옆으로는 사이드록(정통 유대 공동체에서 남자와 소년들이 종교 계율에 따라 옆머리를 깎지 않고 곱슬곱슬하게 땋는 머리—옮긴이)을 늘어뜨리고 있었다.

"로젠탈 씨를 만나면 책을 보내 줘서 고맙다고 해 줘요. 그리고 딸의 일은 안됐다고 전해 주세요. 알았죠?"

샘은 책장을 더 빨리 넘겼다.

"물론이지."

엄마는 마치 샘의 머릿속을 들여다보기라도 하는 듯 샘을 빤히 바라보았다.

"텔레비전 좀 틀어 주세요."

샘이 책을 옆으로 치웠다. 그러고는 담요 속에서 엄지로 문자를 치기 시작했다.

"엄마가 왔어."

샘은 '보내기' 버튼을 누르고 엄마의 조그만 여행 가방을 보았다.

"엄마, 병원에 있을 필요 없어요."

샘은 아무렇지도 않게 말했다. 엄마는 사고 이후 여러 주일 동안 샘의 침대 옆에 붙어 있었다. 아빠도 가끔씩 찾아왔지만 늦게

왔다가 일찍 가곤 했다.

"내일 아침 9시에 MRI와 X-ray 촬영도 있고, 피 검사도 해야 해. 엄마가 여기에서 잘게."

엄마는 의자에 털썩 주저앉더니 서류 가방의 파일들을 뒤적이기 시작했다. 엄마는 어디에든 일거리를 가져갔다. 야드 바셈 박물관의 큐레이터인 엄마는 홀로코스트가 그날 아침에 일어난 것처럼 항상 홀로코스트(제2차 세계 대전 중 나치 독일의 유대인 학살—옮긴이)에 대해 얘기했다.

뉴스 캐스터가 가자 지구의 라파 국경선에서 발생한 폭발에 대해 보도했다. 텔레비전 화면에는 하늘로 솟구쳐 오르는 회색 구름이 가득했다.

병실 문이 열렸다. 샘이 눈을 들었다. 해적 소년의 손님들이었다.

"사랑하는 내 아들."

유수프의 엄마가 문 앞에서 두 팔을 벌렸다. 유수프는 두 팔을 옆구리에 붙였다. 고개를 돌리지 않고도 이스라엘 아이가 지켜보고 있다는 걸 알았다.

"괜찮니, 아들?"

엄마는 발끝으로 서서 침대 위의 아들에게 팔을 뻗었다. 아들의 두 뺨을 손으로 감싸고 안대 앞에서 손가락을 흔들었다. 유수프는 마음속에 엄마가 아주 크게 자리 잡고 있어서 실제 엄마가 얼마나 작은지 잊곤 했다.

"네 엄마가 아기를 낳았을 때 아기가 엄마보다 더 컸단다."

할머니는 종종 농담을 했다.

"괜찮아요, 엄마."

유수프가 말했다.

"알라신에게 감사해야지."

엄마는 긴 스커트 위에 긴 코트를 입고 머리에는 흰색과 파란색의 히잡(이슬람 여성들이 머리와 목 등을 가리기 위해서 쓰는 가리개–옮긴이)을 썼다. 엄마의 눈은 한 번에 여러 곳을 보느라 가만있지 못했다. 병실, 침대, 벽, 특히 창가 의자에 앉은 이스라엘 여자를. 엄마는 어린 시절 이후로 예루살렘에 온 적이 없었다. 한 번도 이스라엘 병원에 와 본 적도 없었다. 유수프가 다치기 전에는 유수프의 가족이 국경을 넘는 것이 허락되지 않았다. 얼마 전까지도 이스라엘 사람들은 유수프의 부모에게 여행 서류를 발급해 주지 않았다.

"샬롬."

아빠는 조용하고 당당하게 병실로 들어와서 이스라엘 아이의 엄마에게 히브리어로 인사했다.

"앗살라무 알라이쿰."

이스라엘 아이의 엄마가 대답했다. 이스라엘 아이는 유수프가 자기를 힐끔 보는 것을 느꼈다. 자신의 엄마가 아랍어를 해서 유수프가 놀랐을까? 하지만 엄마는 인사만 할 줄 아는데.

유수프 아빠가 가느다란 은색 커튼 봉을 따라 커튼을 쳤다. 하지만 커튼은 중간에서 걸려 움직이지 않았다. 커튼한테 러시아어로 명령해야 하는데. 유수프는 혼자서 생각하고 미소를 지었다.

유수프의 엄마가 말했다.

"우리는 여덟 시간 동안이나 국경에 있었어. 또 폭탄이 터졌거든. 하지만 지금은 여기 있으니, 알라신께 감사해야지. 우리는 48시간짜리 통행증을 받았단다. 오늘 밤에는 쿠드스(예루살렘–옮긴이)와디 알–조즈에 있는 야멘 삼촌 집에서 머물 거야."

아빠가 침대에 딸린 쟁반에 커다랗고 빨간 아이스박스를 올려놓았다. 엄마가 플라스틱 통들을 꺼냈다. 유수프는 병원 음식, 특히 부드러운 흰 빵이 맛있다는 말은 하지 않았다. 이스라엘 음식은 자신들의 음식과 비슷했다. 가장 큰 통에는 올리브 오일과 잣이 뿌려진 후무스(병아리 콩, 기름, 마늘을 섞어서 으깬 아랍 음식–옮긴이)가 들어 있었다. 작은 통들에는 올리브, 바바 가누쉬(구운 가지 요리–옮긴이), 오이 피클, 지브네 바이다 치즈, 엄마가 만든 피타 빵, 유수프가 가장 좋아하는 박둔시이예(토마토 샐러드–옮긴이)가 들어 있었다. 엄마가 하루 종일 음식을 만들고 할머니가 통에 담아 아이스박스에 넣었을 것이다.

"어떻게 이걸 가지고 국경을 넘었어요?"

유수프가 물었다.

엄마는 이스라엘 소년과 소년의 엄마 쪽을 흘깃거리며 고개를 흔들었다.

"엄마, 저 둘은 아랍어를 못해요. 무슨 말이든 해도 괜찮아요."

유수프가 속삭였다. 잠깐, 내가 왜 속삭이지?

엄마는 작은 빵의 껍질을 벗기면서 여전히 고개를 흔들었다. 엄마는 벽에도 귀가 있다고 믿었다.

"엄마, 미라 누나는 대학에 들어갔어요?"

오직 공부를 위해 살았던 누나, 대학에 들어가 치과 의사가 되고 싶어 하던 누나가 지금쯤이면 연락을 받았을 것이다. 엄마가 아빠 쪽을 바라보았다. 그 눈빛은 무슨 의미일까? 누나가 자기 때문에 학교에 들어가지 못했나? 자기가 이스라엘 병원에 있어서? 사람들이 누나를 변절자라고 부르는 걸까?

"엄마, 말해 줘요."

"어서 먹어, 유수프."

엄마가 쟁반을 유수프 가까이로 끌어당겼다.

"엄마, 여기서도 먹을 걸 줘요."

유수프가 말했다.

"여기 병원 음식은 먹어 봤자 낫지 않아. 얼른 먹어."

엄마가 말했다.

침대 끝에 서 있던 아빠가 유수프에게 작은 갈색 가방을 건네주었다. 아빠는 오늘 빳빳한 하얀 셔츠와 검은 바지를 입고 허리에는 검은 벨트를 차고 반짝이는 가죽 신발을 신었다. 그래서인지키가 크고 진지해 보였다.

"이건 삼촌이 보낸 거야."

아빠의 눈이 반짝였다.

"고맙습니다."

유수프가 가방 안을 들여다보았다. 구시가지에서 가장 오래된자파의 사탕 가게에서 파는 캐러멜이었다. 구시가지는 예루살렘의 신시가지 안에 있는 도시로, 신비하고 오래된 장소였다. 유수프는 사탕 가게, 신성한 곳들, 구시가지의 모든 것이 정말 궁금했다.

아빠가 아들의 마음을 읽었는지 말했다.

"기다려, 아들. 이제 곧 네 눈으로 예루살렘의 구시가지를 보게될 거야. 조금만 참아."

병원의 창문 밖으로 구시가지의 벽들이 보였다. 유수프는 가끔씩 창문 밖으로 뛰어나가 달리고 싶었다.

"안경을 가져왔어. 또 잊어 먹었더라."

엄마가 죽은 삼촌이 쓰던, 못생긴 검은 테 안경을 꺼냈다. 유수프는 코를 찡긋거리며 샘을 넘겨다보았다. 커튼 덕분에 이스라엘 아이의 발과 쟁반 가장자리의 빅맥 밖에 보이지 않았다. 아빠도 맥도날드 가방을 보고 있었다. 아빠는 레몬을 씹은 표정이었다.

샘도 아랍인 가족을 넘겨다보았다. 소년의 엄마는 보이지 않았지만 아빠는 보였다. 아빠는 걱정스런 얼굴이었다. 팔레스타인 사람들은 자식을 스무 명 정도 낳지 않나? 소년의 아빠는 아들을 슬프게 바라보았다. 아니, 슬픈 게 아니라 다정하게! 아이가 그렇게 소중하다면 왜 아이들을 거리로 내보내 이스라엘 탱크에 돌을 던지게 하지? 샘은 저녁 뉴스에서 팔레스타인 사람들이 카메라에 대고 소리 지르는 것을 보았다. 그중에는 아이와 함께인 사람도 있었다. 그들은 모욕적인 말을 내뱉고 주먹을 흔들며 보복하겠다고 윽박질렀다. 모두 치아가 안 좋아 보였다. 그런데 소년의 아빠는 전혀 그래 보이지 않았다. 음, 정상 같았다.

4장

밤의 시작

"다 먹었니?"

샘의 엄마는 대답을 기다리지 않고 종이와 쟁반을 정리했다. 엄마는 집에서는 청소를 싫어했지만 병원에서는 깔끔하게 굴었다. 샘은 엄마가 자신의 속옷까지 다림질해 왔을 거라고 확신했다.

샘의 전화가 진동했다. 알리나였다.

"어서 커피 마시자."

엄마가 서류를 유심히 살폈다. 종이들이 서로 부드럽게 스치는 동안 샘은 텔레비전을 흘깃 올려다보았다. 어떻게 엄마를 따돌리지?

"샬롬."

샘은 깜짝 놀랐다. 아빠가 침대 발치에 서서 입을 내밀고 이마를 찡그렸다. 어딘가 불편해 보였다.

"깜짝 놀랐어요. 여기 웬일이에요?"

엄마가 물었다.

"내일 우리 아들 검사 받아야 하잖아."

아빠가 조용히 말했다. 아빠는 걱정스러워 보였다. 샘은 아빠의 시선을 따라가 보았다. 해적 소년의 아빠가 아들의 침대 발치에 서 있었다. 두 아빠는 아주 가까이 서 있었다. 샘은 두 사람을 번갈아 흘깃거렸다. 큰 키에 꼿꼿이 서 있는 모습이 서로 닮아 보였다.

아무도 말하지 않았다. 해적 소년의 엄마가 이따금 아랍어로 중얼거리는 소리만 들렸다. 공기는 답답하고 무거웠다. 그런데 불쑥 샘의 아빠가 고개를 돌려 해적 소년의 아빠를 바라보았다. 샘은 숨을 들이쉬었다.

"아들이 얼른 낫기를 바랍니다."

그러자 해적 소년의 아빠가 고개를 끄덕였다.

"감사합니다. 곧 낫겠지요."

샘이 천천히 숨을 내쉬었다. 텔레비전 소리를 빼면 병실은 여전히 고요했다.

"몇 분 뒤에 청소부가 들어올 거예요. 그만 나가 보세요."

튜바-루바의 목소리가 유리를 깨뜨리는 돌덩이처럼 침묵을 박살 냈다. 튜바-루바가 머리 위의 전구들을 켜자 병실에는 병적인 푸른색이 넘실댔다. 이상하게도 샘은 튜바-루바가 와서 기뻤다.

튜바−루바는 작은 이동식 쟁반을 밀고 들어와서 유수프의 발치에서 멈췄다. 유수프의 부모가 사물함에 기댔다.

튜바−루바는 설명도 없이 작은 통을 열더니 점적기를 꺼냈다. 유수프는 무엇을 하려는 것인지 알아차리고는 머리를 베개 뒤로 젖히고 눈에 약이 떨어지기를 기다렸다. 약은 빗방울처럼 떨어졌다. 똑, 똑, 똑. 유수프는 귀가 아니라 눈으로 소리를 들었다. 이어서 튜바−루바가 나눠 주는 약을 삼켰다. 속임수를 쓸 수도 있었다. 혀 뒤쪽에 약을 숨겨 두고 삼키는 척만 하는 것이었다. 유수프는 여기 병원에 입원하기 전까지는 한 번도 약을 삼킨 적이 없었다.

"이제 덜 아플 거야. 검사 결과가 나오는 대로 새로운 항생제를 쓸 거야."

튜바−루바가 진료 기록지에 상형 문자를 쓰는 동안 유수프가 고개를 끄덕였다. 튜바−루바는 유수프의 부모를 아는 척하지 않았다. 유수프의 엄마가 눈을 크게 뜨고 두 주먹을 불끈 쥐었다. 겁을 먹은 것 같았다.

"엄마, 괜찮아요."

유수프가 아랍어로 말했다. 엄마는 고개를 끄덕였지만 표정은 바뀌지 않았다.

튜바−루바가 샘 쪽으로 걸어가서 커튼을 젖혔다.

"너도 내일 아침부터 새로운 항생제를 쓸 거야."

"너는 새벽에 끌려 나가 처형당할 거야."라고 말해도 전혀 이상하지 않을 말투였다.

샘은 자신과 해적 소년이 검사를 받고 정맥 주사를 맞기 위해 병원에 들어왔다는 것을 알아차렸다. 그래서 둘은 같은 병실에 있는 것이다.

튜바-루바는 또 다른 사람들에게 불행을 선물하기 위해 병실 밖으로 행진했고, 샘은 약을 삼켰다.

"저 여자는 분명 러시아의 감옥에서 일했을 거야. 뭐더라? 굴라그?"

샘이 중얼거렸다.

"쉬."

엄마가 주의를 주었다. 하지만 입을 앙다물고 이마를 찡그린 것을 보면 엄마 역시 무례한 간호사에게 짜증이 난 것이 분명했다.

"그만 가 봐야겠다."

아빠가 말했다.

아빠는 왜 왔지? 아빠와 샘은 서로에게 두 단어 이상을 말하지 않았다. 물론 원래부터 그랬던 것은 아니다. 어린 시절 샘은 아빠와 거의 매주 토요일 오후에 고대의 유대 언덕까지 올라가서 화석을 주웠다. 하지만 고모의 죽음이 모든 것을 바꿨다.

"엄마, 아빠와 함께 집에 가세요."

샘은 간절한 마음을 숨긴 채, 도움을 바라며 아빠를 보았다. 하지만 아빠는 아무 말이 없었다.

엄마가 서류 가방의 자물쇠를 잠갔다. 작은 폭죽이 터지는 것처럼 퍽, 퍽 소리가 났다.

"엄마, 오늘 밤엔 여기 있을 필요 없어요."

샘은 징징대는 목소리를 내지 않기 위해 노력했다. 아이 취급을 받는 건 너무 싫었다. 게다가 해적 소년 앞에서 아이처럼 말하기는 더 싫었다.

엄마가 남편을 쳐다보다가 샘을 쳐다보았다. 마치 "무슨 짓을 하려고?"라고 묻는 듯했다.

"내일 휴가를 냈어."

엄마의 목소리가 미적지근했다.

"샘의 말이 맞아. 내일 아침에 나랑 함께 오면 되잖아."

드디어 아빠가 말했다. 샘이 고개를 힘차게 끄덕였다.

"난 정말 괜찮아요. 그리고 의자에 앉아서 자면 얼마나 힘든지 알잖아요."

최후의 노력이었다. 아빠는 불편해 보였고, 엄마는 망설였고, 휴대 전화는 담요 아래에서 진동했다. 모두 동시에.

샘은 전화기를 엉덩이 아래로 밀어 넣었다.

"내일 오세요."

"음, 저 간호사랑 문제가 생길 수도 있잖아."

엄마가 한숨을 쉬었다.

무슨 문제? 언제부터 내가 문제를 일으켰지? 알리나와 두 번 정도 밤새워 방공호에서 이야기를 나눈 적이 있기는 했다. 둘이 아침에 나타나자 간호사가 훈계를 했다. 하지만 별일 아니었다.

엄마가 마지못해 노트와 서류들을 정리하기 시작했다.

"이건 켜 둘까?"

엄마가 텔레비전을 가리켰다. 샘이 고개를 흔들었다. 엄마가 멈칫했다. 아랍 사람들에게 텔레비전을 보고 싶은지 물어볼까 고민하는 것 같았다. 그러나 이내 리모컨을 들어 텔레비전을 껐다.

엄마는 샘의 이마에 입을 맞췄다. 평소답지 않게.

"아침에 일찍 올게."

엄마가 서류 가방과 지갑을 집어 들었다. 그리고 "스모크 알레이누."라고 덧붙였다. 엄마는 항상 그렇게 말했다. "우리를 믿어."라는 뜻이었다. 그런데 뭘 믿으라는 것일까?

아빠가 작별 인사를 중얼거리더니 엄마와 함께 병실을 나갔다. 그런데 엄마가 문 앞에서 멈춰 섰다.

"안녕히 계세요."

엄마가 해적 소년의 엄마에게 인사했다. 해적 소년의 엄마는 당황하더니 이내 고개를 끄덕였다. 얼마 뒤, 해적 소년의 부모도 병실을 나갔다.

샘은 속으로 환호성을 질렀다. 이제 밤이 시작될 것이다.

5장
탈출

샘이 다리를 침대 아래로 내렸다. 왼쪽 발로 바닥을 디디려고 했다. 하지만 두 발로 바닥에 내려서고 말았다. 따끔거리는 통증이 오른쪽 발목에서 척추를 타고 올라오더니 머릿속까지 찔러 댔다. 발이 불에 덴 것처럼 쭈뼛 올라갔다. 샘은 비명을 지르면서 플란넬 시트와 얇은 담요를 움켜잡았다. 숨 쉬자, 숨 쉬자. 샘이 숨을 들이쉬었다. 그러고는 멀쩡한 다리로 조심스럽게 바닥을 디디며 몸을 숙였다.

재미있네. 유수프는 이스라엘 소년이 한 발로 껑충대는 것을 보면서 생각했다. 샘의 발목이 빨갛게 부어올랐다.

"아까 루바한테 메르카바라고 했지? 내가 들었어. 이스라엘 탱크를 알아?"

샘이 침대 아래의 사물함으로 팔을 뻗으며 물었다. 튜바-루바가 준 약은 다리의 통증을 없애 주지만 효과가 빨리 나타나지는 않았다.

"너희 군인들이 그걸로 우리 집을 부수잖아."

유수프가 어깨를 으쓱였다.

"탱크는 집을 부수지 않아."

샘은 자신 있게 말했지만 사실은 추측일 뿐이었다. 샘은 오른쪽 발목을 바지에 조금씩 조심스럽게 끼워 넣었다.

"아, 미안. 탱크가 아니라 D9 불도저가 집들을 파괴했지."

유수프가 비꼬며 봉지에서 캐러멜을 꺼내 입에 넣었다. 맛있었다.

"너희가 우리에게 폭탄을 터뜨리지 않으면 우리도 너희 집을 부수지 않겠지."

샘이 쏘아붙였다.

"루바를 T-90이라고 불러도 괜찮을 거야."

유수프가 말했다.

샘은 듣는 둥 마는 둥 했다. 대신에 심각하게 발목과 다리를 살폈다. 어느 날 발이 없어지면 어떡하지? 정말 다리를 자르면 어떡하지? 그 생각을 하니 심장이 두근거리고 손이 떨렸다. 샘은 허리띠를 맸다.

"방금 뭐라고 했어?"

샘은 별 관심 없이 물었다.

"루바가 T-90같이 생겼다고. 러시아 3세대 탱크 말이야. 이스라엘 사람들의 해골보다 얇은 강철과 니켈로 만들어졌지."

유수프가 말했다.

"메르카바가 더 잘 어울려."

샘은 휴대 전화를 들고 메르카바를 검색하더니 큰 소리로 읽었다.

"탱크의 재질은 비밀이지만 아주 강한 재질로 만들어졌다. 모든 메르카바 모델은 방어력이 우수하다."

샘이 미소 지었다.

유수프는 캐러멜을 하나 더 입에 넣고 침대에서 뛰어내리더니 샘의 어깨 너머로 넘겨다보았다.

"구글에 러시아 탱크를 검색해 봐."

샘이 멈칫했다. 아랍 아이가 어떻게 구글을 알지? 샘은 캐러멜 냄새를 맡았다.

휴대 전화 화면에 러시아 탱크들이 나타났다. 유수프가 눈을 가늘게 뜨고 가장 위의 것을 가리켰다.

"최신 콘탁트-5의 몸체와 포탑은 폭발에 반응하는 재질로 만들어졌다." 샘이 읽었다.

"루바 맞네. 루바도 반응하는 재질이잖아……." 유수프가 중얼거렸다.

"사람을 죽일 수도 있고." 샘이 고개를 끄덕였다.

"루바가 레이저 눈으로 한 번 쏘아보면 끝이지." 유수프가 덧붙였다.

"입에서는 소시지 냄새가 나고." 샘이 맞장구쳤다.

"루바의 입 냄새는 러시아의 비밀 무기야." 유수프도 맞장구쳤다.

"탱크에 대해 어떻게 알았어?"

샘이 물었다. 샘은 정말 궁금했다.

"어떻게 알겠어? 인터넷으로 알지."

유수프가 다시 침대로 올라갔다. 이스라엘 아이에게 캐러멜을 주면 어떨까? 하지만 샘을 한번 쳐다보고는 마음을 바꿨다. 왜 줘야 하지?

샘이 입술을 삐죽였다. 샘은 자신이 생각해 온 팔레스타인 사람들의 이미지를 머릿속으로 떠올렸다. 아이들은 산만하고 지저분했다. 코와 턱이 커다란 여자들은 뱀파이어처럼 옷을 입고 떨리는 목소리로 소리를 질렀다. 키가 땅딸막하고 이가 썩은 남자들은 주먹을 하늘로 치켜들고 소리를 질러 댔다. 황량한 땅에는 말라 죽어 가는 나무들과 부서져 가는 시멘트 집들과 거대한 콘크리트 장애물이 박혀 있었다. 팔레스타인 사람들은 인터넷은커녕 글자를 알 거라고도 생각하지 않았다.

"루바는 머리에 뱀이 달린 그리스 여신 같아."

샘이 침대 가장자리에 쪼그리고 앉아 말했다. 이제 그만하자. 알리나가 기다리잖아.

"메두사 말이지? 메두사는 여신이 아냐. 언젠가는 죽을 존재였어. 그래서 살해당했잖아."

샘은 유수프 말에 놀란 모습을 보이지 않았다. 이 아이가 어떻게 그리스 신화를 알지? 물어보려다가 다시 알리나를 생각했다. 샘은 발목 양말을 끌어 올린 다음 오른발에는 파란색과 흰색으로 된 푹신한 부츠를 신고 다른 발에는 운동화를 신었다. 해적 소년이 자신을 바라보는 것이 느껴졌다. 저 아이는 한쪽 눈으로 얼마나 볼 수 있을까?

"어디 가?"

유수프가 물었다. 하지만 사실 진짜 궁금하지는 않았다. 그냥 심심했을 뿐이다.

"상관없잖아."

샘이 퉁명스럽게 말하며 휴대 전화로 시간을 보았다. 청소부들이 한 시간 정도 병실을 청소하고 나면 간호사들이 교대할 것이고 다시 한 시간 있다가 병실을 점검할 것이다. 병실을 점검하는 것은 별일 아니었다. 불이 꺼지면 간호사들은 병실 문을 열고 안을 들여다본 다음 문을 닫았다.

샘은 두 침대 사이에 있는 테이블에 책을 올렸다. 책 안에 숨겨둔 80셰켈(이스라엘 돈—옮긴이)을 꺼내 주머니에 넣었다. 주머니에는 키파가 들어 있었다. 엄마는 항상 샘에게 키파를 가지고 다니게 했다. 샘은 키파를 주머니 깊숙이 밀어 넣었다.

이제 침대를 정리할 차례였다. 샘은 베개 하나를 시트 밑에 넣고 그 위에 담요를 덮은 다음 수건을 넣은 양말을 담요 밖으로 내놓았다. 샘은 뒤로 물러섰다가 담요를 부풀리고, 뒤로 물러섰다가 양말을 정리했다. 그리고 다시 뒤로 물러서서 바라보더니 만족스럽게 고개를 끄덕였다. 간호사가 천장의 불을 켜지만 않는다면 들키지 않을 것이다. 유수프는 그 모습을 흥미롭게 지켜보았다.

샘은 침대에서 사물함으로 폴짝 뛰더니 목발을 잡았다. 그리고 문 앞에서 복도를 내다보았다.

"나중에 봐."

샘이 유수프를 돌아보며 인사하더니 복도로 나가 재빨리 오른쪽으로 돌았다.

그때, 쾅 하는 소리가 들렸다. 유수프는 그냥 침대에 누워서 웃으려다가 직접 눈으로 보기로 했다. 침대에서 내려와 복도 모퉁이를 내다보았다. 샘의 가슴에 줄이 걸려 있고 머리 밑에는 플라스틱 위험 표지판이 깔려 있었다.

유수프는 웃음소리가 새어 나가지 않게 손으로 입을 가렸다.

"도와줄까?"

유수프가 물었다.

샘은 정신이 없어서 창피한 줄도 몰랐다. 대답할 정신도 없었다.

유수프는 어깨를 으쓱이고는 병실로 돌아섰다. 하지만 안쓰러운 마음이 들었다. 복도 반대편에 휠체어가 보였다. 유수프는 샘을 지나쳐 걸어가 휠체어를 끌고 왔다. 그리고 휠체어 뒤에 서서 한 마디도 하지 않았다.

"필요 없어."

샘은 몸을 일으키려고 애쓰면서 사납게 말했다. 분위기가 어색해졌다.

"좋아, 그럼 탱크를 불러야지."

유수프가 어깨를 으쓱였다.

"안 돼!"

샘이 소리쳤다. 생각보다 목소리가 컸다. 샘이 복도를 흠칫 바라보았다. 간호사들은 보이지 않았다. 평상복을 입고 있다가 걸리면 분명 부모님에게 전화할 것이다.

"휠체어 탈래?"

유수프가 미소를 지으면서 휠체어를 가리켰다.

"피스 오프."

샘이 영어로 사납게 말하며 휠체어 쪽으로 꼼지락꼼지락 다가
갔다.

"네가 가장 좋아하는 영어 표현이야?"

유수프가 미소 지었다. 유수프도 가장 좋아하는 영어 표현이었
다.

샘이 휠체어의 양쪽 팔걸이를 잡고 몸을 끌어 올렸다. 아아악,
노인의 신음 소리가 입에서 터져 나왔다. 휠체어가 뒤로 밀려났
다. 샘이 미끄러지면서 바닥으로 떨어졌다.

유수프가 요란하고 과장되게 한숨을 쉬면서 샘의 뒤로 가더니
겨드랑이에 팔을 집어넣어 들어 올렸다. 하나, 둘, 셋. 유수프는
마치 물고기를 갑판에 던지듯이 샘을 휠체어로 내동댕이쳤다. 하
지만 휠체어에는 브레이크가 걸려 있지 않았다. 휠체어가 복도 반
대쪽으로 굴러가더니 벽에 부딪혔다. 샘이 인형처럼 휠체어에서
튀어 올라 앞으로 쏠렸다가 제자리로 돌아왔다.

"날 죽이려는 거야?"

샘이 투덜거렸다.

"그럼 너 혼자 잘해 보던지."

유수프가 다시 병실로 걸어갔다. 이미 많이 도왔잖아.

"닥쳐."

샘이 뒤에서 사납게 말했다.

"너나 닥쳐."

유수프가 돌아보며 소리쳤다.

목발이 페인트 통들 위에 걸쳐져 있었다. 샘이 짤막한 널빤지를 들어 목발을 당겨 보았지만 오히려 멀어지기만 했다. 목발 하나는 페인트 통들 뒤로 미끄러져 들어가고, 다른 하나는 벽 사이에 끼어 버렸다.

샘이 휠체어를 돌려서 뒤로 물러났다. 그러더니 병실로 휠체어를 밀고 들어가 잠깐 동안 숨을 고르며 앉아 있었다. 휠체어 끌기가 생각보다 힘들었다.

"미안해."

샘이 웅얼거렸다.

"뭐가 미안해? 나한테 뭘 바라는데?"

유수프가 수상쩍어 했다.

"무슨 말이야?"

샘은 모르는 척했다.

유수프가 침대로 뛰어올라 눕더니 천장을 올려다보았다. 두통이 사라졌다. 약이 효과가 있었다.

샘은 잠깐 고민하다가 털어놓았다.

"1층에서 누구를 만나기로 했어. 내 목발 좀…… 도와주면……."

아랍 아이에게 무엇을 해 줘야 할까?

"콜라를 사 줄게. 로비에 자판기가 있어."

해적 소년은 팔라펠 장수들이 파는 텁텁한 커피만 마실지도 몰랐다. 그 커피에서는 고무 타는 냄새가 나서 구역질이 났다. 유수프는 아무 말도 하지 않았다. 시간이 흐르고 있었다.

"밤바도 한 봉지 사 줄게."

땅콩 맛이 나는 밤바 과자는 샘이 가장 좋아하는 군것질이었다. 유수프는 두 손으로 팔베개를 베고 있었다.

"밤새 여기 있을 거야? 어떡할 거야?"

샘은 점점 마음이 급해졌다.

마침내 유수프가 일어나 앉았다.

"왜 그렇게 1층에 가고 싶은 건데?"

"말했잖아. 누구를 만나기로 했다고."

"누군데?"

"친구."

"그 애더러 병실로 오라고 하면 되잖아."

유수프는 수상하다고 생각했다.

"그 애는 여자야."

샘이 말했다. 쓸데없는 대화로 소중한 시간을 날리고 있었다.

"여자애를 알아?"

'여자애'라는 단어가 목구멍에서 진동하더니 유수프 입에서 세차게 터져 나왔다. 팔레스타인 소년들은 보호자 없이는 소녀를 만나지 못했다. 유럽과 미국의 텔레비전 방송에 나오는 것처럼 소녀들과 어울릴 수도 없었다.

샘은 마치 유수프의 머리가 두 개라도 되는 것처럼 쳐다보았다.

"알리나는 친구야. 아프기 전에는 테니스 선수였어. 거의 프로였지. 어쨌든 너랑은 상관없잖아. 갈 거야, 말 거야?"

샘에게 정말 필요한 것은 목발뿐이었다. 휠체어를 타는 것이 여기저기 부딪히는 것보다 낫기는 했지만 말이다.

"하지만 면회 시간이 끝났잖아."

"알리나는 손님이 아냐. 알리나도 환자라고."

샘이 휠체어를 돌리더니 유수프의 침대에 세게 부딪혔다. 뒤로 돌다가 이번에는 자신의 침대에 부딪혔다. 드디어 휠체어가 문 쪽으로 움직였다.

"갈 거야, 말 거야?"

"너에게 운전을 시키면 안 되겠다."

유수프가 입술을 삐죽이며 웃음을 참았다.

"난 열네 살이야."

샘이 휴대 전화의 시간을 보며 말했다.

"좋아."

유수프는 갑자기 마음을 정했다. 새총에서 튕겨 나가듯 벽장으로 가더니 바지와 셔츠를 입고 양말과 운동화를 신은 다음 얇은 스웨터에 머리를 들이밀었다. 호주에서 보낸 구호품이었다. 푸른색 스웨터에는 소매에 '사커루(호주의 축구팀-옮긴이)'라고 적혀 있었다. 유수프는 잠깐 망설이다가 삼촌의 못생긴 안경을 한쪽 주머니에 넣고 다른 주머니에는 캐러멜 봉지를 넣었다.

"침대도 정리해."

샘이 말했다. 유수프는 베개로 사람 몸처럼 꾸몄다.

"전깃불도."

샘이 말했다. 유수프는 불을 껐다.

둘은 머리를 내밀고 복도를 내다보았다. 샘은 간호사들이 간호사실 뒤쪽에 있는 사무실에 앉아 있는 것을 보았다.

"저기."

샘이 공사 자재들 위에 있는 목발을 가리켰다.

"기다려."

유수프가 휠체어를 힘차게 밀었다. 샘은 비명을 참으며 복도를 달려 나아갔고 그사이에 유수프가 목발을 찾아 뒤를 쫓아왔다.

휠체어는 간호사실 쪽으로 달렸다. 멈춰! 멈춰! 멈춰! 유수프가 휠체어의 손잡이를 잡자 샘이 투덜거렸다. 조금만 늦었으면 샘은 간호사실 반쪽짜리 벽에 부딪혔을 것이다.

"멍청이!"

샘이 숨을 헐떡이며 때리려고 하자, 유수프가 몸을 피하며 환하게 웃었다. 둘은 벽에 붙어 숨었다.

"다들 뭘 하고 있어?"

샘이 속삭였다.

유수프가 벽을 넘겨다보았다. 간호사들은 테이블 주위에 모여 있었다.

"이야기하는데."

유수프가 속삭였다.

엘리베이터는 간호사실에서 훤히 보이는 곳에 있었다.

"여기서 기다려."

유수프가 재빨리 복도를 달려가더니 엘리베이터 버튼을 눌렀다. 그러고는 밤늦게 병동을 떠나는 방문객인 척했다.

여기서 기다리라고? 그럼 어디 다른 데라도 갈까 봐? 파티? 댄스? 샘은 목발에 의지한 채 휠체어 발판에 서 있었다. 이제 혼자서 엘리베이터로 걸어갈 수도 있었다. 왜 해적 소년이 필요하지? 하나, 둘. 샘이 몸을 뒤로 젖혔다. 간호사실 문이 열렸다. 문이 열렸다 닫히는 순간 샘은 간호사들의 목소리를 아주 똑똑히 들었다.

"유수프 세나드라고, 그 아랍 아이 있잖아. 왼쪽 의안 주위에 감염 증세가 있어. 항생제가 듣지 않으면 멀쩡한 눈도 잃을지 몰라.

감염은 뇌로도 번질 수 있어. 병원에 빨리 왔으면 쉽게 치료했을 텐데. 2주일 전에 웨스트뱅크의 집으로 보내졌다가 오늘 아침에야 허가를 받고 다시 입원했나 봐. 방금 먹는 항생제를 줬고 한 시간 전에 진통제를 줬어. 혈액 검사 결과가 얼른 나와야 하는데. 내일 오전 7시에 항생제를……."

문이 닫혔다.

샘은 휠체어에 털썩 주저앉았다. 고개를 들어 자신에게 달려오는 해적 소년을 보았다.

"기다려."

유수프가 뒤로 가더니 문이 열린 엘리베이터 안으로 휠체어를 밀었다. 샘은 목발을 움켜잡고 유수프가 시키는 대로 했다.

6장

알리나

엘리베이터에서 둘은 조용했다.

"감염은 뇌로도 번질 수 있어."라는 간호사의 말이 샘의 머릿속에서 울려 퍼졌다. 해적 소년은 자기가 얼마나 아픈지 알고 있을까? 내가 무슨 말을 해 주지? 둘은 친구가 아니었다. 샘은 유수프에게 아무 말도 해 줄 수 없었다.

엘리베이터가 1층에 멈추었다. 아무도 둘에게 관심이 없었다. 머리에 스카프를 두른 두 명의 아랍 간호사가 옆을 지나갔다. 둘은 아랍어로 떠들면서 킬킬거렸다. 샘이 눈동자를 굴렸다. 왜 여자들은 자꾸 킬킬거릴까? 클립보드를 들고 작은 무기를 허리에 찬 두 명의 경비원이 따분한 얼굴로 서 있었다. 그들 말고는 사람이 거의 없었다.

유수프는 휠체어를 밀어 바닥에 그려진 커다란 다윗의 별을 지나갔다. 샘이 아래를 내려다보았다. 1948년에 이스라엘이 처음 세워졌을 때, 아랍과 이스라엘 사이에 전쟁이 터졌다. 이 별은 그때 공격당한 의료인 호송대를 기리는 상징이었다. 79명(거의 의사와 간호사였다.)이 아랍 사람들에게 살해당했다. 조금 전만 같아도 샘은 "이봐, 해적 소년, 너희는 틈만 나면 네 눈을 고쳐 주려는 사람들을 죽일걸." 하며 빈정거렸을지 모른다. 하지만 지금은 그러고 싶지 않았다. 어쩌면 의사들은 유수프의 눈을 고쳐 주지 못할 것이다. 어쩌면 의사들은 유수프를 살려 주지 못할지도 모른다.

"여기야."

알리나가 로비 건너편에서 손을 흔들었다. 알리나는 스키니 청바지와 분홍 셔츠를 입고 링거 걸이를 붙잡고 있었다. 유수프가 그 자리에 멈춰 섰다. 휠체어가 갑자기 멈췄다.

"뭐야! 목 부러질 뻔했잖아. 왜 그래?"

샘이 뒤돌아보았다. 샘은 유수프의 시선을 따라갔다.

"뭐야? 분홍 머리 소녀를 처음 봤어?"

샘이 바퀴에 손을 올리고 휠체어를 앞으로 움직였다.

알리나는 새로운 가발을 썼다. 그리고 가발에 어울리게 영어가 쓰인 분홍 셔츠를 입었다. 샘은 'life'라는 단어는 알아보았지만 나머지 단어는 알아보지 못했다.

"거기서 뭐 하는 거야?"

알리나는 손으로 휠체어를 가리켰지만 눈은 유수프를 보고 있었다.

"휠체어 미는 사람을 구했거든."

샘이 천천히 뒤따라오는 유수프를 가리켰다.

유수프는 어디를 봐야 할지 당황했다. 그래서 바닥을, 벽을, 지나가는 남자를 바라보았다. 알리나의 눈은 푸른색이었다. 유수프의 도시에 들어오는 이스라엘 군인 중에도 푸른 눈이 있었다. 어린 시절 유수프는 푸른 눈으로 바라보는 세상은 온통 푸를 것이라고 생각했다. 알리나는 푸른 눈에 분홍 머리인데도 유수프가 만난 어떤 소녀보다 아름다웠다.

"안녕."

알리나가 유수프에게 미소 지었다.

"나의 새로운 룸메이트를 소개할게. 해적 유수프야. 앵무새를 키우고 가끔 럼주를 마시며 먼바다에서 힘없는 배들을 공격하지."

샘이 유수프를 소개하며 목발을 짚고 일어나려 했다.

"마르하바, 유수프. 나는 알리나야."

알리나는 아랍어로 인사했다. 마치 노래하는 듯한 목소리였다.

"샤, 샤, 샬롬."

유수프가 말을 더듬었다.

"말을 더듬는 해적이군."

샘이 투덜거렸다.

"샘, 그러지 마."

알리나가 계속 유수프를 바라보며 샘을 살짝 때렸다.

"히브리어를 할 줄 알아?"

알리나가 상냥하게 물었다.

"응. 히, 히, 히브리어를 할 줄 알아."

유수프가 대답했다. 얼굴이 뜨겁고 귓불이 달아올랐다.

알리나는 미소 지었고, 샘은 노려보았다.

"유수프는 로켓탄을 만드는 자살 폭탄 테러범이야."

샘은 농담을 했지만 완전한 농담은 아니었다. 그런데 이 녀석이 갑자기 왜 말을 더듬지?

알리나가 샘의 말을 무시한 채 상냥하게 말했다.

"샘, 커피 사 주겠다고 했지? 아, 유수프, 너는 커피 대신 콜라지? 우리 커피는 너희 커피만큼 진하지 않거든."

"고마워."

유수프가 고개를 끄덕였다.

샘은 이쪽저쪽으로 고개를 갸우뚱했다. 대체 무슨 일이 벌어지고 있는 거야? 샘은 휠체어를 밀어 자판기 쪽으로 가면서 작은 엔진처럼 숨을 내뱉었다. 다행히 알리나는 다시 히브리어를 쓰고 있었다.

휠체어 뒤에서 네 개의 작은 바퀴가 삐걱거렸다. 알리나가 타일 바닥을 따라 링거 걸이를 밀며 따라오고 있었다. 알리나는 몇 걸음마다 손을 뻗어 의자 등받이나 벽을 붙잡고 몸을 기댔다. 유수프는 링거 걸이에 매달린 액체 주머니와 비닐 튜브와 알리나의 팔에 꽂힌 주삿바늘을 보았다.

그 순간 알리나가 유수프의 마음을 읽은 것처럼 말했다.

"난 암 4기야. T-세포 림프종이지. 화학 치료를 받았어. 일주일에 한 번 수혈을 받기 위해 병원에 와. 가끔은 두 번. 난 드라큘라야."

유수프는 알리나가 대본을 읽는 것 같다고 생각했다. 웨스트뱅크에서 암에 걸렸다는 것은 죽는다는 의미였다. 하지만 알리나는 암에 걸린 것 같지 않고 오히려 행복해 보였다. 알리나가 드라큘라라고?

"방법이 없대."

알리나가 이야기를 계속했다.

"음, 한 가지가 있기는 한데, 줄기세포 이식이야. 하지만 우선 암이 더 이상 나빠지지 않아야 해. 게다가 줄기세포 이식은 기나긴 과정이고. 간단하게 주삿바늘로 세포를 넣는 게 아니야. 우리 엄마는 하루 종일 인터넷에서 다른 치료법들을 찾아봐. 우리 아빠는 갑자기 아주 종교적인 사람이 됐어. 아빠는 온통 삶에 대해서만 생각해. 우리 유대인들은 결혼을 정말 좋아해. 결혼은 기존의 삶과 새로운 삶과 관련이 있기 때문이지. 이제 유대 장례식은 대단한 것이 되어 버렸어. 모두들 신음하고 비통해하지. 왜 그래야 하지? 다들 이 세상 밖에 없는 것처럼 굴어. 내가 말을 너무 많이 하네. 나는 항상 말이 많아."

알리나가 웃었다.

유수프는 그런 웃음소리를 들어 본 적이 없었다. 유수프의 누이들은 그렇게 웃지 않았다. 유수프는 두근거리는 심장을 달랬다. 그리고 목소리를 낮추어 진지하게 말했다.

"네 셔츠."

유수프가 알리나의 셔츠를 가리켰다. 그러다가 소름 끼치는 생각이 떠올랐다. 뺨과 귀로 피가 몰렸다. 알리나가 오해하면 어쩌지? 유수프가 가리킨 것은 알리나의……

"아, 이거? 영어 할 줄 알아?"

알리나가 물었다. 유수프가 고개를 흔들었다.

"'삶에는 시간이 필요하다.'라는 뜻이야."

알리나가 히브리어로 번역해 주었다. 그러면서 셔츠를 잡아당기자 가슴이 사라졌다.

"내 친구가 만든 우리들의 슬로건이야. '시간이 삶'이라는 소리이지만 결국엔 시간이 삶을 앗아 간다는 의미야."

알리나가 어깨를 으쓱였다.

"내, 내, 내, 종교에 따르면 착하게 살아야 창조주 알라신 옆에서 영원히 살 수 있대."

유수프가 침을 삼켰다.

알리나가 고개를 한쪽으로 갸우뚱했다.

"수많은 유대인과 이슬람교도가 서로 미워하는 이유를 생각해 봤니? 우리는 같은 신을 믿는 거잖아? 물론 이름은 다르지만. 그리고 아브라함은 우리 모두의 조상이고. 기독교인도 마찬가지고. 그치? 유대인은 삶에 대해서만 생각하고 이슬람교도는……."

알리나가 머뭇거리다가 말했다.

"죽음에 대해서만 생각해서가 아닐까?"

유수프가 고개를 끄덕였다. 고개를 흔들었어야 했나? 혼란스러웠다. 뭐라도 말해. 아무거나!

"우리 아빠는 너희의 다윗 왕과 알라의 하인인 우리의 다우드 황제가 같은 사람이라고 하셨어."

맞나? 유수프의 입에 지푸라기가 가득한 것 같았다. 잠깐, 이번에는 말을 더듬지 않았다.

"내가 정말 무슨 생각을 하는지 알아?"

알리나가 수줍게 미소를 지었다. 유수프는 말없이 꼼짝 않고 서 있었다.

"우리 모두 신의 사랑을 받는 아이가 되려고 노력하지만 신은 아무도 편애하지 않는다고 생각해."

알리나가 킬킬거렸다.

이제 어떡하지? 유수프는 더 이상 알리나와 얘기하는 것이 힘들었다. 알리나는 유수프의 심장이 두근거리는 소리를 들었을까? 땀이 났다. 알리나는 정말 아름다웠다. 눈, 서 있는 모습. 잠깐, 내가 알리나 옆에 너무 가까이 서 있나?

"자판기가 내 돈을 먹었어요."

멀리서 샘이 소리를 질렀다. 샘은 앞문에 서 있는 두 명의 경비원에게 휠체어를 밀며 다가갔다.

"분명히 저 사람들은 도와주지 않을 거야. 샘은 저들에게 수리공을 불러 달라고 하겠지. 이 밤중에 말이야!"

알리나가 경비원들을 가리켰다.

"네가 무슨 생각을 하는지 알아."

유수프의 입이 벌어졌다. 알리나는 마음도 읽을 줄 아나? 유수프는 자기도 모르게 바닥으로 시선을 떨궜다. 토할 것 같았다.

"내가 늙은 역사 선생님처럼 말한다고 생각하지? 아픈 애들은 그게 문제야. 우리는 너무 많은 시간을 어른들과 보내. 책도 너무 많이 읽고 생각도 너무 많이 하지. 우리 병실에 골암에 걸린 여섯 살짜리 여자아이가 있어. 작고 귀여운 아이인데 말은 랍비처럼 한다니까."

숨 쉬자, 숨 쉬자. 알리나가 지금 무슨 말을 하고 있는 거지?

"하지만 우리가 노인처럼 말하는 것은 암 때문만은 아닐 거야. 너도 알겠지만 서아시아에 살고 있으니까 어쩔 수 없어. 아니, 교전 지역 아이들은 모두 이렇겠지. 물론 아무도 이스라엘을 교전 지역이라고 부르지는 않지만! 누가 교전 지역에 휴가를 보내러 오겠어. 하지만 부모님은 우리가 집을 나설 때마다 폭탄에 날아갈까 봐 걱정하시지."

알리나가 조금 슬픈 미소를 지었다.

유수프가 고개를 끄덕였다.

"우리 엄마도 항상 걱정하셔."

"정말? 너희 엄마도?"

알리나가 눈을 크게 뜨고 유수프를 바라보았다.

"우리 엄마는 형을 더 걱정해. 형은 성깔이 있거든. 수많은 팔레스타인 소년들이 이스라엘군에게 돌을 던지다가 감옥에 갔어. 우리 엄마는 형도 감옥에 갈까 봐 걱정해."

유수프는 더듬지 않고 네 문장을 이어서 말했다.

"안됐다."

알리나가 부드럽게 말했다.

"뭐가?"

유수프는 이스라엘 사람이 뭔가에 가슴 아파하리라고는 생각한 적이 없었다. 알리나는 유수프의 모든 예상을 벗어났다. 유수프는 샘과 경비원들 쪽을 슬쩍 보았다. 경비원 한 명이 전화기에 대고 뭐라고 떠들고 있었다.

"네 눈…… 어떻게 된 거야?"

알리나의 얼굴에는 동정심이 아니라 호기심이 가득했다.

"그냥."

유수프가 머뭇거렸다.

"사고였어."

유수프는 주머니의 캐러멜을 만지작거리며 말했다. 알리나가 단것을 좋아할까? 하나 줄까? 싫다고 하면 어쩌지? 알리나 식단에는 단것이 없을지도 몰라. 암 환자들은 정해진 음식만 먹나?

"전에 이 병원에 와 본 적 있어?"

알리나가 화제를 바꿨다.

"이 병원의 다른 병동에 있었어. 엔케렘 병동에서 수술을 받았거든. 여기는 검사를 받기 위해 온 거야. 난 여기가 좋아. 병실에서 구시가지가 보이거든."

캐러멜이 주머니에서 녹고 있었다. 유수프가 깊게 숨을 들이쉬었다.

"이거 먹을래? 자파의 가게에서 사 온 거야."

유수프가 캐러멜 봉지를 내밀었다.

"구시가지에 있는 가게지? 거기 사탕 진짜 맛있는데."

알리나가 봉지에 손을 넣어 캐러멜을 꺼냈다.

"구시가지의 아랍인 구역에 가 봤어?"

유수프는 깜짝 놀랐다.

"많이 가 봤지."

"나도 가고 싶어."

"정말? 가면 되잖아."

알리나는 말해 놓고는 금세 얼굴을 붉혔다.

"미안해."

유수프는 가고 싶어도 갈 수 없었다. 유수프는 아랍계 이스라엘
사람이 아니라 웨스트뱅크에서 왔다. 유수프가 이스라엘을 돌아
다니려면 허가를 받고 여행증을 받아야 한다. 여행증이 없으면 심
지어 병원 밖에도 나갈 수가 없었다. 알리나도 그걸 알았다.

그때, 샘이 휠체어를 밀고 다가왔다.

"자판기가 고장 났는데 수리공을 못 찾았어."

샘은 둘의 대화를 조금 엿들었다. 자파, 구시가지, 가게, 사탕.

"상관없어. 음료수는 필요 없으니까."

알리나는 분홍 머리카락을 귀 뒤로 넘겼다. 샘은 휠체어를 세우

고 브레이크를 걸었다.

"다른 자판기가 어디 있는지 아는데."

유수프가 말했다.

"정말로 괜찮아."

알리나가 미소 지었다.

샘은 유수프가 몸을 흐느적거리는 것을 보았다. 알리나와 유수프는 캐러멜을 먹고 있었다. 해적 소년이 자기에게는 캐러멜을 주지 않았는데 아무도 모르는 것 같았다.

유수프가 샘에게 돈을 낚아채더니 복도를 달려갔다. 샘은 놀라서 유수프를 바라보았다. 해적 소년은 아서 왕의 부인, 이름이 뭐더라. 그래, 기네비어라도 만난 것처럼 굴었다. 기네비어는 랜슬럿과 함께 아서 왕을 속였지. 하지만 해적 소년은 랜슬럿 경이 아니고, 샘도 아서 왕이 아니었다.

"우리 돈을 다시는 못 보겠네."

샘이 비꼬았다. 이상하게 기분이 좋아졌다.

"그렇게 말하지 마, 샘."

"이제 너도 저쪽 편이야?"

"내가 모든 팔레스타인 사람들이 우리를 죽이려고 하는 것은 아니라고 생각해서?"

알리나가 거칠게 말했다.

"그러면 아랍 사람들이 우리를 폭탄으로 날려 버려도 괜찮아?"

샘은 조금 짜증이 났다. 샘은 해적 소년이 위험하다고 생각한 적은 없었다. 적어도 자신에게 위험하다고는 생각하지 않았다.

"유수프가 우리를 죽일 거라고 생각해?"

"아니, 난 그냥 내 돈을 훔쳤다고 생각해."

"유수프는 아무것도 훔치지 않았어. 그냥 음료수를 사러 간 거야. 유수프가 돌아오면 미안하다고 사과해."

알리나가 캐러멜을 삼켰다.

"뭐가 미안해? 우리나라가 이스라엘이고, 내가 우리나라를 사랑해서?"

샘은 이 말이 변명처럼 들리지 않기를 바랐지만 아무 소용이 없었다.

"어디 라디오라도 컸니? 넌 라디오 방송에 전화 연결을 한 한심한 청취자 같아. 팔레스타인을 미워해야 이스라엘을 사랑하는 거야? 팔레스타인 사람들을 미워해야 훌륭한 이스라엘 사람이 되는 거야? 우리를 묶어 주는 것이 증오야?"

갑자기 알리나는 피곤해 보였다. 정말 피곤해 보였다. 알리나는 처음에도 아주 작았는데 이제는 공기가 모두 빠지고 쭈그러든 것 같았다. 샘은 아무 말도 하지 않았다.

"샘, 화내지 마. 팔레스타인 사람들이 어떤 기분인지 모르겠어?

팔레스타인 사람들은 여기에 이스라엘이 세워지면서 자신의 농장과 집을 떠나야 했어. 그게 어떤 건지 알아? 우리 가족이 전쟁을 피해 집을 나왔다가 다시는 돌아갈 수 없게 된다면 어떤 기분일까?"

샘은 고개를 숙였다. 하루에도 몇 번씩 국경을 넘어와 폭탄을 던지는 사람들을 불쌍히 여겨야 할까? 유대인들을 이스라엘 밖으로 몰아내 바다에 처넣고 싶다는 사람들에게 관심을 가져야 할까? 이스라엘이 웨스트뱅크와 이스라엘을 나누는 장벽을 세운 것이 그렇게 잘못일까? 장벽이 세워진 뒤 폭발 사고가 줄어들지 않았나? 샘은 휠체어의 브레이크만 만지작거렸다.

"아랍 사람들은 언제든지 떠날 수 있어. 미국이든 이집트든 요르단이든 어디든 갈 수 있다고. 어쨌든 우리는 우리에게 벌어지는 일들을 통제할 수 없어. 그들은 우리에게 멈추지 않고 폭탄을 터뜨리고 있다고."

샘은 자신의 다리를 바라보았다.

"샘, 누가 누구에게 무슨 짓을 했는지는 잊어. 난 유수프에 대해 말하는 거야. 유수프는 예루살렘을 보고 싶대. 그게 그렇게 엄청난 일이야? 난 너와 싸우고 싶지 않아."

알리나가 말했다.

"여기."

유수프가 콜라 두 개를 들고 모퉁이를 돌아왔다.

"다른 자판기는 동전이 떨어져서 카페까지 갔다 왔어. 문이 닫혀 있었는데 책임자가 공짜로 줬어. 커피는 없던데. 여기 네 돈."

샘은 알리나를 보지 말았어야 했다. 알리나는 미소를 짓고 있었다. 젠장.

알리나가 콜라를 받았다.

"슈크란."

슈크란? 어째서 알리나는 또다시 아랍어를 하는 거지? 샘은 점점 화가 났다. 샘도 콜라를 받았다.

"네 건?"

알리나가 물었다.

유수프가 고개를 흔들었다.

"난 거품이 나는 음료를 좋아하지 않아."

"뭐야, 너 여섯 살이야? 거품이 아니라 탄산이지."

샘은 점점 심술이 났다.

"샘!"

알리나가 한쪽 발을 구르는데 전화벨이 울렸다. 알리나가 주머니에서 전화기를 꺼내더니 몇 걸음 떨어진 곳에서 전화를 받았다.

"샬롬."

샘은 알리나를 바라보았다. 알리나가 휘청거렸다. 해적 소년은 잊어버리자. 알리나가 점점 심하게 아프잖아.

알리나가 전화기를 주머니에 넣으며 걸어왔다.

"내 룸메이트 타만나야. 간호사가 나를 찾고 있나 봐. 가야겠어."

"러시아 사람이야?"

샘과 유수프가 동시에 말했다.

알리나가 둘을 번갈아 바라보았다.

"아니, 한 명은 아랍 사람이고 한 명은 호주 사람이야. 둘 다 좋아. 왜?"

"아무것도 아냐."

이번에도 둘은 꼬마처럼 동시에 말했다.

"뭔지 모르겠지만 난 그만 가야겠어."

알리나가 콜라를 한 모금 마시고 손을 내밀었다.

유수프가 그 손을 바라보았다. 이슬람 소년은 가까운 친척이 아니면 소녀를 만지지 못하게 되어 있었다.

"만나서 반가웠어, 유수프."

마침내 유수프가 손을 내밀어 알리나와 악수했다. 알리나의 손은 차가웠지만 힘이 셌다.

"내일 밤에 보자. 나한테 정말 귀여운 하얀 가발이 있어. 레이디 가가랑 똑같아."

알리나가 다시 웃었다. 유수프도 활짝 웃었다.

"안녕, 샘."

알리나가 손을 흔들더니 갑자기, 느닷없이 몸을 숙이고 샘의 뺨에 입을 맞췄다. 아니, 입맞춤이 아니라 귀엣말을 하기 위해 고개를 숙인 것이었다.

"착하게 굴어. 나를 위해서. 응?"

샘은 알리나가 모퉁이를 돌아 사라지는 것을 지켜보았다. 알리나는 너무 말라서 모퉁이를 돌기도 전에 사라진 것처럼 보였다. 샘은 쓰레기통에 캔을 버리고 목발을 짚더니 비틀비틀 엘리베이터로 걸어갔다.

"잠깐. 휠체어는 타기 싫은 거야?"

유수프가 뒤에서 소리쳤다.

"꺼져."

샘이 중얼거렸다.

"왜 화를 내는 거야?"

유수프가 빈 휠체어를 엘리베이터 쪽으로 밀었다.

"넌 포우저야."

샘이 비웃었다.

"무슨 뜻인지 모르겠는데."

"포, 우, 저."

샘이 천천히 말했다.

"영어 단어지. 가식적이라는 뜻이야. 넌 잘 보이려고 별짓을 다 했잖아."

유수프는 멍하니 서 있었다. 잘 보이려고?

엘리베이터 문이 열렸다. 튜바-루바가 얇은 코트를 입고 서 있었다. 황소처럼 강인하고 힘 있게. 처음에 튜바-루바는 놀랐다. 눈이 동그래지고 눈썹이 올라가고 파리가 들어갈 만큼 입이 커지고 콧구멍이 벌름거렸다. 그러더니 휘몰아치는 폭풍처럼 잔소리를 쏟아 냈다.

"왜 침대에 누워 있지 않는 거야?"

튜바-루바는 엘리베이터에서 내리더니 샘의 얼굴에다 소리를 질렀다.

"여기가 네 멋대로 들락날락하는 호텔이야? 너희 이스라엘 소년들은 모두 버릇이 없지. 너희 부모는 너희가 열여덟 살에 군대에 간다고 뭐든 다 해 주잖아. 나라를 지키는 것은 영광스러운 일이야. 러시아에서는 너 같은 소년들이 못된 짓을 하면 훨씬 두들겨 패 주지."

튜바-루바는 턱을 내밀고 유수프에게도 분노를 터뜨렸다.

"이 나라에서 너는 손님이야. 규칙을 따르지 않으려면 네 집으로 돌아가."

유수프는 신발을 내려다보았지만 샘은 화를 참을 수가 없었다. 자기가 얼마나 대단한 줄 아나? 샘은 따지려고 했다.

"됐어, 아무 말도 하지 마."

튜바−루바가 샘의 얼굴에 삿대질을 했다.

"침대로 돌아가서 꼼짝하지 마. 내가 너를 끌어다 놓아야겠어?"

젊은 간호사 둘이 킬킬거리며 튜바−루바 뒤에서 걸어 나왔다. 샘은 당황스럽고 화나고 창피해서 죽을 지경이었다. 감히 나에게 어떻게? 샘은 고개를 흔들며 뒤를 돌아보았다. 로비에 있던 모두가, 심지어 문 옆의 경비원들까지 웃고 있었다.

튜바−루바는 사람들 사이를 빠져나가더니 경비원들을 지나 문을 열고는 어둠 속으로 사라졌다.

"가자."

샘은 너무 화가 나서 말도 잘 나오지 않았다.

"어디 가는데? 휠체어는 어떻게 해?"

유수프가 망설였다.

"내버려 둬."

목발을 짚은 샘이 놀랄 만큼 빠르고 우아하게 움직였다.

샘과 유수프는 경비원들을 지나 튜바−루바의 뒤를 따라갔다.

에어컨이 돌아가는 병원에서 나오는 것은 마치 전속력으로 열기둥에 부딪히는 것과 같았다. 불빛들이 광장에 놓인 큰 화분들을 비추고 있었다. 비비 꼬인 금속 조각들이 어둠 속에서 위협적으로 모습을 드러냈다. 구급차 소리가 멀리서 들려왔다. 털이 없고 몸이 깡마르고 눈이 흐리멍덩하고 작은 귀가 접혀 있는 고양이들이 어슬렁거렸다. 저 멀리에는 벽에 에워싸인 평화의 도시 예루살렘이 화려한 불빛에 빛나고 있었다. 샘은 결코 평화롭지 않은 그곳에 평화의 도시라는 이름이 붙은 것은 바보 같은 일이라고 생각했다. 멀리 가로등 아래 주차장에서 튜바―루바가 자신의 차에 올라타고 있었다. 이나 몽땅 빠져 버려라. 하나만 빼고. 그래야 치통을 앓을 테니까. 에스터 이모할머니가 퍼붓는 저주들 중 하나였다. 이모할머니에게는 100만 개의 저주가 있었다.

샘이 고개를 돌려 아랍 소년을 바라보았다.

"얼마나 보여?"

"무슨 상관이야?"

유수프도 화가 났다. 이 이스라엘 아이는 탱크 루바 때문에 자기만 화난 줄 아나? 여기는 우리 땅인데 어떻게 내가 손님이란 거지?

"주차장이 보여?"

샘이 아주 무뚝뚝하게 물었다.

유수프는 주머니에 들어 있는 삼촌의 안경을 만지작거렸지만 꺼내지는 않았다. 사실 유수프는 어둠 속에서 불빛 밖에 보이지 않았다. 그나마 불빛도 흐릿한 구체로 보였다. 유수프는 눈을 찡그리지 않으려고 애썼다. 군인들이 주차장에 있을 것이다. 그들은 둘씩 짝을 지어 다녔다. 차에 다가가서 신분증을 확인하고 기분이 내키면 차를 뜯어보았다. 유수프는 이 모두를 경험으로 알았다.

"저기 군인이 둘 있고, 어설트 라이플을 들고 있어."

유수프가 말했다. 모든 군인들은 총, 대개는 라이플을 가지고 다녔다.

샘이 고개를 끄덕이고 물었다.

"날 봐. 내 얼굴이 잘 보여?"

"그래. 넌 못생겼어."

유수프가 미소 지었다. 바로 가까이에서는 모든 것이 보였지만 조금만 멀어지면 잘 보이지 않았다.

"너도 못생겼어. 사탕 가게가 어디에 있는지 알아? 자파의 가게 말이야."

샘은 건달 목소리를 흉내 냈다.

"구시가지에 있다는 것만 알아. 왜?"

유수프가 물었다.

"알리나가 그 캐러멜을 좋아해서. 거기 가자."

샘의 머릿속에서 계획이 세워지기 시작했다.

유수프는 깜짝 놀랐다.

"무슨 소리야? 나한테 널 에스코트하라는 거야?"

"그건 아냐. 우리 지금 가자. 15분 밖에 안 걸려."

유수프는 이렇게 터무니없는 생각은 들어 본 적이 없었다.

"여행증도 없이 나갔다가 경찰에게 잡히면 추방당할 수도 있어. 무엇을 위해서? 캐러멜?"

이 이스라엘 아이는 병원을 나가는 것이 유수프에게 얼마나 위험한지를 모르는 것 같았다.

"예루살렘에도 아랍인들이 많아. 네가 눈에 띌 것 같아? 네가 그렇게 특별한 줄 알아? 난 캐러멜을 살 거야. 너도 가고 싶어 했잖아."

샘이 어깨를 으쓱였다.

"넌 걸을 수가 없잖아."

이 이스라엘 아이가 목발을 짚고 얼마나 걸을 수 있을까?

"무슨 소리야?"

샘은 한쪽 목발만 짚고 다른 목발은 크리켓 배트처럼 격렬하게 흔들었다.

"우리가 구시가지에 갔다고 치자. 병원에는 어떻게 돌아올 거야?"

"이게 우리를 안으로 들여보내 주겠지."

샘이 팔을 들어 병원의 환자임을 증명하는 팔찌를 보여 주었다.

"간호사들이 점검하러 오잖아."

유수프의 머리가 말했다. 듣지 말고 침대로 돌아가.

"네 귀에서 피라도 쏟아지지 않는 한, 간호사들은 네 이야기를 듣고 싶어 하지 않을 거야. 너도 나랑 이렇게 밖에 나와 있잖아. 어쨌든, 알리나와 나는 밤새워 이야기를 나누고 간호사들에게 들 켰지만 아무 일도 없었어."

"캐러멜 때문이 아니잖아. 튜바-루바가 창피를 줘서 이러는 거 잖아."

유수프가 말했다.

샘이 입술이 하얘지도록 세게 깨물었다.

"나갈 거야, 말 거야?"

유수프는 머뭇거렸다. 이것은 멍청한 짓이었다. 하지만 모하메 드가 걸었던 길을 걷는다는 것, 자신이 이스라엘 사람들에게 반항 하고 규칙을 깨뜨렸다는 이야기를 마젠과 야세르에게 들려준다는 것, 자신이 남의 말이나 듣는 꼭두각시가 아님을 증명한다는 것은 멋진 일이었다. 그리고 창피를 당하지 않는 것, 다른 사람에게 망 신을 당하지 않는 것, 자신의 명예를 지키는 것은 정말 중요했다.

아빠는 늘 말했다.

"참아라."

왜 참아야 하지? 그리고 얼마나 참아야 하지? 여기는 우리 땅이었다. 그러니 우리에게 어디로 가라고 말할 권리는 없었다. 나에게 다음 기회가 있을까? 나가야 할 이유는 수없이 많았고, 나가지 말아야 할 이유는 하나뿐이었다. 나가지 않는 이유는 이스라엘 사람들이 무서워서일 것이다. 그들이 무슨 짓을 할지 몰라서.

유수프는 서늘한 공기를 깊게 들이쉰 다음 병원 팔찌를 소매 안에 집어넣었다.

"콜 와하드 와나시부."

"무슨 소리야?"

"그러자는 뜻이야."

유수프가 간단하게 말하고는 가만히 있었다. 이것은 바보 같은, 지금껏 한 일 중 가장 바보 같은 짓이었다.

7장

달리기

어떻게 감히 나한테 버릇이 없다고 하지? 어떻게 감히 나를 멍청한 아이처럼 대하지?

샘은 제멋대로인 간호사들, 강압적인 부모님, 규칙, 의사들에게서 도망치겠다고 결심하고는 목발을 짚고 나아갔다. 모두 꺼져 버리라지.

아무도 두 소년을 멈춰 세우지 않았다. 주차장의 군인들은 본 척도 하지 않았다. 샘과 유수프는 금세 병원을 빠져나갔다.

버스가 지나갔다.

"달려!"

샘이 목발을 앞으로 흔들었고, 둘은 반 블록 떨어진 버스 정류장까지 달렸다. 하지만 버스는 속도를 늦추지 않았다.

"이제 어떡해?"

유수프가 숨을 헐떡이며 말했다.

"걸어가자. 내리막이야."

샘이 얼굴을 찡그리며 말했다. 사실 별로 좋은 생각 같지는 않았다. 샘은 해적 소년을 흘깃 보았다. 분명히 겁을 먹고 꽁무니를 빼겠지.

"이사위야를 지나가자. 더 빨라. 지도에서 봤어."

유수프가 표지판을 가리켰다.

샘이 망설였다. 이사위야는 예루살렘 안의 아랍인 구역이었다. 운이 좋은 그곳 주민들은 예루살렘 신분증을 가지고 있을 뿐만 아니라 이스라엘 사람들처럼 건강 보험을 비롯한 사회 복지를 누렸다. 유대인들은 그곳에 혼자서는 들어가지 않았다. 밤에는 더더욱. 샘은 가슴이 답답해졌다.

"커다란 아랍 악당이 너를 잡아먹을까 봐 무섭냐?"

유수프가 신 나게 떠들었다.

샘은 병원이 있는 언덕을 돌아보았다. 병원의 불빛들이 자신을 비웃는 듯했다.

유수프가 가까이 오더니 샘의 눈을 들여다보았다.

"너는 그 이야기를 믿는구나. 모든 팔레스타인 사람들이 너희를 죽이려고 한다는 이야기 말이야."

팔레스타인 사람들은 이스라엘 정부가 이스라엘 사람들에게 그런 이야기를 수없이 퍼뜨린다는 것을 알았다.

샘은 목과 목발을 휘감은 손가락이 뻣뻣해지는 것을 느꼈다. 아랍인이 사는 땅과 이스라엘 땅을 나누는 경계는 없었다. 그냥 앞으로 나아가면 된다.

"난 너는 물론이고 아무도 무섭지 않아. 이 길이 맞아?"

유수프가 고개를 끄덕였다.

샘의 목발이 저절로 나아갔다. 샘은 무섭지 않았다. 샘은 무섭지 않았다. 샘은 무섭지 않았다. 공포스러웠다.

유수프가 앞장섰다. 넘어지지 않기 위해 발가락으로 돌 같은 것들을 찾아내며 한 걸음씩 더듬어 나갔다. 주위에 부딪히지 않기 위해 팔을 뻗고 싶었지만 그러지 못하고 옆구리에 붙여야 했다. 다행히 이스라엘 아이도 빨리 걷지 못했다. 샘은 숨 쉬기가 힘들었다.

소년들 뒤로는 불빛이 환했다. 이사위야는 이스라엘 안에 있었다. 하지만 왠지 아랍 땅에 들어온 기분이었다. 이곳의 가로등은 더 어둡고 땅은 더 울퉁불퉁했다. 걷는 것도 힘들었지만 목발의 고무바닥을 단단한 땅에 붙이고 있기는 더 힘들었다. 비틀거릴 때마다 목발이 겨드랑이를 찔러 댔다.

샘은 잠깐 멈췄다. 희미한 가로등 불빛이 쓰레기 더미를 비췄다. 길은 좁았다. 어떤 길은 손수레가 겨우 지나갈 정도였다. 오줌

냄새가 코를 찔렀다. 크고 작은 시멘트 덩어리가 여기저기 흩어져 있었다. 택시나 자동차가 주차하는 것을 막으려고 문들 앞에 놓인 시멘트 덩이도 있었다. 달빛 아래에서도 이곳은 암울해 보였다. 이사위야는 추악한 땅이었다. 어떻게 이런 곳이 자신의 이스라엘과 돌을 던지면 닿을 만큼 가까이에 있는 거지? 왜 아랍인들은 이런 끔찍한 곳에 머물고 싶어 하지? 이곳은 아랍인들이 얼마나 고집이 센지를 보여 주는 증거였다. 그들은 요르단, 레바논, 시리아 같은 다른 아랍 국가에 갈 수도 있었다. 그런데 왜 끝까지 여기에 머무는 거지?

"멈추지 마."

유수프가 명령했다. 샘은 계속 움직였다. 둘은 서로 말을 하지 않았다.

길 양쪽으로 집들이 늘어서 있었다. 집들은 찌그러진 양철과 회반죽을 바른 깨진 돌들에 에워싸여 있었다. 낡은 나무 문틈 사이로 빛이 새어 나왔다. 벽 뒤에서 아이의 울음소리가 터져 나왔다. 누군가 소리를 질렀다. 문이 쾅 하고 닫혔다. 그 소리들이 마늘과 향신료 냄새와 섞였다. 샘은 걸음을 멈추지 않고 걸으며, 초점 없는 눈으로 주위 풍경을 흘려보냈다.

그런데 유수프가 갑자기 멈췄다. 샘이 유수프 등에 부딪쳤다.

"왜 그래?"

해적 소년의 어깨가 움츠러들었다.

"몸을 숙여."

유수프가 샘의 셔츠를 잡더니 부스러지는 벽 뒤에 웅크리게 했다. 유수프는 뭔가에 귀를 기울였다. 샘에게도 앞쪽에서 목소리가 들려왔다. 고함 소리가 아니라 웃음소리였다. 둘 다 벽에 등을 기대고 귀를 기울였다. 샘은 아픈 다리를 깔고 앉았다. 공기 중에 위험, 위험, 위험이라는 단어들이 떠다니는 것 같았다. 샘은 고개를 들어 하늘을 보았다. 갑자기 무서웠다. 지금 자신은 거의 눈이 보이지 않는 아랍 아이를 따라 적군의 영토에 들어왔다. 심지어 이 아이를 잘 알지도 못 했다.

"뭐야?"

샘이 흥분해서 물었다.

"저 앞에 폭력배들이 있는 같아."

유수프가 짧게 씩씩거리며 말했다.

샘은 벽을 잡고 몸을 일으키더니 벽 너머를 보았다. 그림자 밖에 보이지 않았다. 좀 더 자세히 보자 청년들의 모습이 보였다. 그들은 서로를 세게 밀치고 팔꿈치로 찌르며 웃었다. 샘은 숨을 쉬려고 했지만 공기가 이 사이에 걸려 몸 안으로 들어오지 않았다. 이 녀석이 무슨 짓을 한 거지? 10분 전만 해도 자신은 안전했다. 샘의 머릿속에 한 장면이 떠올랐다. 의자에서 뭔가를 읽고 있는 아빠, 주디 누나와 12학년들의 아우슈비츠 여행에 대해 이야기하는 엄마, 아나 바이스 부인과 피부병에 걸린 개, 축구 경기, 피아노 수업. 그리고 로젠탈 씨를 생각했다. 숨 쉬자, 숨 쉬자. 로젠탈 씨의 딸은 죽었다. 로젠탈 씨는 홀로 시바를 지키고 있을까? 숨 쉬자, 숨 쉬자.

"엄마, 아빠, 미안해요, 미안해요, 미안해요."

샘은 중얼거렸다.

"닥쳐."

유수프가 샘을 팔꿈치로 찔렀다. 샘은 입술을 꼭 다물었다.

"가자."

유수프가 일어섰다.

샘은 어둠 속에서 유수프의 표정을 읽을 수 없었다.

"어디로 가?"

샘이 조용히 물었다. 자신은 아랍 폭력배들보다 빨리 달릴 수 없었다. 폭력배들한테 붙잡히면 아마 죽도록 맞을 것이다. 샘은 다시 주저앉아 멀쩡한 다리를 끌어안고 아픈 다리는 막대처럼 뻗었다. 그때, 빗장이 벗겨지고 끽 하고 문 열리는 소리가 났다. 다리에서 통증이 느껴지자 샘은 두 팔로 머리를 감쌌다. 샘의 전화가 울렸다.

"꺼, 꺼!"

어둠 속에서 유수프가 굉장히 무서워했다.

샘이 주머니를 뒤졌다. 멈춰, 멈춰, 멈춰. 빛의 파편들이 발 사이로 내려앉는 동안 샘이 전화기의 버튼을 두드렸다.

"누구세요?"

여자 목소리였다. 아무 소리가 없자 여자가 되돌아가는지 자갈을 밟는 소리가 들렸다. 샘은 고개를 들지 못했다. 그런데 여호와가 하늘에서 손을 뻗은 것처럼 덥석 샘의 셔츠를 잡아 들어올렸다. 비명 소리가 배 속에서 올라오자 샘이 손으로 입을 틀어막았다. 둘 사이에 승강이가 벌어졌다.

"쉿."

여자는 힘이 셌다. 샘을 빨래하듯 주무르더니, 개가 장난감을 가지고 놀듯이 목덜미를 잡고 흔들어 댔다. 얼마 뒤 문이 고통스럽게 끼익 소리를 내더니 샘이 시멘트 바닥에 버려졌다. 얼굴이 부딪혀 코와 이마와 뺨이 불에 덴 듯이 화끈거렸다. 샘은 신음 소리를 내며 본능적으로 손으로 얼굴을 가리고 몸을 굴렸다. 두 손사이로 위를 올려다보았다. 뒤얽힌 올리브 가지 너머로 반짝이는 별들이 보였다. 그 순간, 묵직한 것이 몸 위로 떨어졌고 샘의 폐에서 휭 하고 공기가 빠져나갔다. 몸 위로 떨어진 건 유수프였다. 샘은 힘을 내어 유수프를 밀어냈다. 유수프가 팔, 머리, 다리를 단단한 바닥에 부딪히며 나가떨어졌다.

"슈 비덱 민 헬 마칸?"

여자의 목소리는 낮고 거칠었다. 샘과 유수프는 바닥에 누워서 여자를 올려다보았다. 여자는 수수한 옷에 소박한 머리 스카프를 썼다. 작은 가스등에선 노란 빛이 뿜어져 나왔다.

유수프는 아랍어로 여자에게 대답했다.

"미트 아시프 알라 엘 아라."

"뭐라는 거야?"

샘이 속삭였다.

샘의 히브리어에 여자의 눈이 커졌다. 여자는 두 손을 엉덩이에 얹고 입술을 일자로 앙다물고는 샘을 노려보며 아랍어로 말했다.

"뭐래?"

샘이 속삭였다.

"여기에 유대인을 데려온 이유가 뭐냐는데."

"나도 궁금하네."

"우리는 병원에서 나왔다고 했어. 여기 사람들은 모두 병원을 아니까."

"너희들은 멍청이들이야. 듣고 있니?"

여자가 반은 아랍어로 반은 히브리어로 말하며 유수프에게 손가락을 흔들었다. 여자는 몸을 숙여 유수프의 스웨터 소매를 끌어올렸다. 여자는 유수프의 병원 팔찌를 내려다보았다. 그리고 몸을 돌리더니 샘에게도 똑같이 했다.

"들어가서 기다려."

여자가 집 안을 가리켰다.

샘도 그 말을 알아들었다. 내 목발이 어디 있지? 유수프가 손을 내밀었다.

"치워!"

샘은 기분 나쁜 듯이 유수프의 손을 내치고는 철제 테이블을 붙잡고 일어났다. 벽을 붙잡고 집 안으로 들어가더니 대리석 바닥과 화려한 페르시아 양탄자 위를 껑충껑충 뛰었다. 마침내 샘은 낮은 소파에 털썩 주저앉았다. 소파의 뼈대는 손으로 조각한 것으로, 좌석은 딱딱하고 쿠션은 멋졌다. 유수프가 천천히 따라오더니 옆에 털썩 앉았다.

"이게 무슨 일이야?"

샘이 속삭였다.

"히브리어를 쓰지 마."

유수프가 충고했다.

샘은 고개를 2센티미터 정도만 움직여서 주위를 둘러보았다. 책장에는 책들이 가득했다. 책이라고? 아랍 사람의 집에! 책장 꼭대기에는 빨간 벨벳에 싸인 책이 있었다. 샘은 코란일 것이라고 추측했다.

모든 것이 너무 다르면서도 익숙했다. 방에는 먼지 하나 없고 오렌지색, 빨간색, 파란색으로 페인트칠이 되어 있었다. 특히 파란색이 많았다. 암청색, 사파이어색, 남색, 짙은 청색, 이스라엘 국기의 푸른색. 샘의 눈은 이 물건 저 물건으로 움직였다. 방 한가운데에는 놋쇠로 만든 크고 둥근 물건이 나무 다리 위에 얹혀 있었다. 샘은 그것이 놋쇠 화로임을 알아보았다. 전에 구시가지의 아랍인 구역에서 목탄을 때는 난로를 본 적이 있었다. 네 개의 창문에는 그림이 그려진 꽃병이 있고 귀퉁이마다 손으로 짠 바구니가 있었다. 바구니에서 늘어진 허브 덩굴이 바닥에 깔려 있었다. 재스민, 로즈메리, 박하 향이 났다. 천장에는 아주 큰 등나무 선풍기가 매달려 있었다.

그제야 샘은 통통한 아기가 피셔프라이스의 아기 의자에 앉아 있는 것을 알아차렸다. 아기의 눈은 검은 구슬 같았고 턱에는 이슬처럼 침이 매달려 있었다. 아기는 자신이 있음을 알리려는 듯이 작은 주먹으로 의자에 달린 쟁반을 두드렸다. 마치 총소리 같았다. 샘은 어지러웠다.

여자가 금색과 빨간색이 섞인 묵직한 커튼을 걷자, 타일을 바른 아치 모양의 복도가 나타났다. 여자는 작은 복도를 쿵쿵거리며 걸어갔다. 샘의 눈이 그 뒤를 쫓았다. 여자는 이리저리 서성거리면서 전화기에 대고 조용하고 급하게 이야기를 했다. 냉장고와 스토

브와 식기세척기도 보였다. 놀라웠다. 샘은 아랍 사람들은 옛날 방식으로 산다고, 폭탄을 만들어 이스라엘 사람들을 죽일 생각을 하지 않을 때에는 아궁이에서 요리를 하고 개울에서 빨래를 한다고 생각했다. 집과 거리와 공공건물들은 너무 허름해 보였다. 샘은 안도 똑같이 허름할 거라고 생각했다. 하지만 이곳은 따뜻하고 아늑했다.

샘은 몸을 돌려 주위를 보았다. 벽을 살짝 깎아 낸 작은 벽감 안에는 하얀 접이의자가 있었다. 노란색 나무 테이블도 보였다. 무엇보다 놀라운 것은 애플 컴퓨터였다. 샘은 입이 벌어졌다.

샘과 유수프는 기다렸다. 시간이 흘렀다. 샘이 도망가야 하나 고민하는 순간, 문이 벌컥 열렸다. 유수프는 몸을 웅크렸고, 샘은 두 팔로 가슴을 감쌌다. 거인 같은 남자가 문을 막았다. 한 손은 목발을 들고 있고 다른 손은 주먹을 쥐고 있었다. 남자는 두 소년을 노려보았다. 남자는 아기와 같이 눈동자가 검었다. 인상은 돌처럼 단단하고 사나웠다. 야구 모자를 쓰고 목에는 검은색과 흰색이 섞인 스카프를 둘렀다.

"여기는 어떻게 왔지?"

남자가 히브리어로 말했다.

유수프는 기침을 하면서 더듬더듬 아랍어로 대답하고는 병원 팔찌를 보여 주었다. 샘은 여자 쪽을 힐끗 보았다. 여자가 집에 이스라엘 아이가 있다고 말한 것이 분명했다. 아기가 갑작스러운 소란에 울음을 터뜨렸다.

남자가 몸을 돌려 샘을 똑바로 바라보며 히브리어로 말했다.

"나의 작은 땅에 왜 들어온 거지? 네 마음대로 아무 데나 돌아다녀도 좋다는 거니?"

샘은 자신을 향해 총알처럼 힐난이 쏟아지자 뒤로 휘청거리기 시작했다. 뭐라고 대답을 해야 하지?

"우리는 구시가지로 가려고 해요."

남자가 깜짝 놀란 얼굴로 두 소년을 번갈아 보았다.

"그러면 길을 잘못 들었어."

남자가 등을 돌리더니 여자에게 뭔가를 중얼거렸다. 여자는 그 사이 다른 옷을 입고 있었다. 검은 옷이 머리부터 발끝까지 가렸고 검은 스카프가 머리카락을 모두 덮었다. 여자는 아기를 허리에 안아 올렸다.

"이거!"

남자가 샘 옆에 목발을 떨어뜨리고 밖으로 나갔다. 그 뒤로 문이 쾅 하고 닫혔다. 여자는 옷자락을 검은 구름처럼 휘날리며 아기와 함께 복도로 사라졌다. 삐 하고 물이 끓는 주전자 소리를 빼면 아무 소리도 없이 고요했다.

샘이 벌떡 일어나더니 한 발로 껑충거리며 목발을 집었다.

"길을 잘못 들었대! 길을 잘못 들었대!"

"미안해. 너랑 나랑 지도가 다른가 봐. 어디 가려는 거야?"

유수프가 무릎을 두 팔로 감싼 채 앞뒤로 몸을 흔들었다.

"여기서 나갈 거야."

"어디로 갈 건데?"

"저 문을 나간 다음 언덕을 올라가 문명 세계로 돌아갈 거야."

샘은 얼굴을 붉히고 씩씩거리면서 겨드랑이 사이에 목발을 끼워 넣었다. 한 발로 아슬아슬하게 균형을 잡으며 몸을 굽혀 다른 목발을 잡았다.

"남자가 차를 가지러 갔어. 우리를 태워 준대."

유수프가 무릎에 고개를 올렸다.

"그 남자를 믿어? 여자가 하마스를 불렀으면 어떡할 거야? 유대인을 잡았다고 사람들에게 말하면 어떡할 거냐고?"

샘의 머릿속에 갑자기 놀라운 사실이 떠올랐다. 그 생각에 하마터면 무릎을 꿇을 뻔했다. 유수프도 그들 중 한 명이었다! 팔레스타인 사람, 이슬람교도.

샘의 선생님은 늘 말했다.

"결코 그들을 믿지 마. 그들은 우리를 바다로 밀어 넣고 싶어 하니까. 그들은 우리가 죽기를 바라지. 경계를 늦추지 마. 틈을 주지 마. 그러면 우리 모두 위험에 빠지니까."

샘은 납치를 당할 위기에 처했다. 아니, 더 상황이 나빴다.

"이 사람들은 친절하잖아. 우리를 지켜 주려고 해."

유수프가 두 손으로 얼굴을 감쌌고 손가락 사이로 목소리가 흘러나왔다.

"친절? 이스라엘 사람이라는 이유만으로 나를 죽일 수도 있는 남자들이 밖에 한 무리나 있어. 그게 어떻게 친절이야?"

샘이 화를 냈다.

"팔레스타인 아이가 밤에, 아니 낮에 정착촌을 돌아다니다 걸리면 어떻게 될까? 정착민들이 무슨 짓을 할까?"

유수프가 물었다.

"그들은 너를 죽이지 않아."

샘이 대답했다.

"확실해?"

사실 샘도 몰랐다. 어떤 정착민들은 난폭했다. 모두 총을 가지고 있었다. 게다가 경비견까지 길렀다.

"아랍 사람들이 이스라엘 사람인 나를 무엇 때문에 지켜 주고 싶겠어?"

"이게 네 문제 같아? 큰일 난 건 네가 아니라 나야."

유수프의 목소리가 목에 걸렸다.

샘이 가만히 노려보았다.

"너라고?"

"사람들은 나를 협력자, 배신자라고 생각할 거야. 이곳에서 이스라엘 사람을 친구로 두는 것은 좋지 않다고."

"협력자는 어떻게 하는데?"

샘이 대답을 듣기 위해 몸을 숙였다.

"내가 이스라엘 병원에 있는 것도 아주 안 좋게 생각하지."

유수프가 말했다.

그런 생각은 결코 하지 못했다. 상상도 하지 못했다. 샘은 몸을 숙이고 유수프 귀에 속삭였다.

"우리는 친구가 아니고, 서로를 미워한다고 말해."

"우리는 함께 있잖아. 그 말을 믿을 것 같아?"

유수프의 목소리가 갈라졌다.

"그러면 여기는 왜 오자고……."

샘은 말을 끝까지 잇지 못했다.

"난 여기 사람이 아니야. 이렇게 될 줄은 몰랐어. 병원 컴퓨터로 예루살렘을 둘러보면서 이 길을 봤어. 안전해 보였어. 난 여기가 지름길이라고 생각했어. 그리고…… 네가 정말 따라올 줄은 몰랐어."

유수프 말에 샘은 좌절했다.

"그게 말이 돼?"

샘은 목발로 바닥을 내리치고는 재빨리 문을 바라보았다. 그렇게 요란한 소리를 낼 생각은 없었다.

유수프의 얼굴이 어두워졌다.

"이스라엘 사람들은 아무리 소변이 급해도 팔레스타인 구역에는 들어가지 않잖아. 이스라엘 사람들은 겁쟁이들이지."

여자가 작은 접시들이 놓인 쟁반을 들고 걸어왔다. 샘은 목발을 짚고 불안하게 흔들렸다. 겁쟁이라고?

"앉아. 집주인 기분 나쁘게 하지 말고."

유수프가 속삭였다.

집주인? 자신은 손님이 아니었다.

"앉아!"

유수프가 옆의 쿠션을 탁 하고 때렸다.

"나한테 명령하지 마."

샘이 어깨를 펴고 주먹을 쥐고 앉았다.

쟁반에는 빵, 올리브, 피클, 후무스가 담겼고 유리잔에는 차가 담겼다. 후무스는 샘이 가장 좋아하는 음식이었다. 엄마가 가져온 맥도날드 햄버거를 먹을 때 샘은 해적 소년의 엄마가 가져온 음식이 부러웠다. 하지만 샘은 의심스럽게 차를 바라보았다. 아랍 사람들은 낙타의 안장주머니처럼 옥상에 검은 통을 묶어 두고 거기에 물을 저장했다. 어쩌면 그 물이 샘을 아프게 할지도 몰랐다.

여자가 쟁반을 테이블에 올리고 우아하게 음식을 가리켰다. 샘은 여자의 얼굴을 올려다보았다. 이제야 제대로 얼굴을 볼 수 있었다. 처음 생각한 만큼 나이가 많아 보이지 않았다.

"슈크란."

샘이 조용히 말했다. 알리나가 썼던 말이었다. 샘은 그 말의 의미가 "당신 얼굴은 오리를 닮았네요."가 아니라 "고맙습니다."이기를 진심으로 바랐다.

유수프가 눈썹을 치켜세우고 입을 벌린 채 샘을 바라보았다. 샘은 달콤한 차를 홀짝이며 어깨를 으쓱였다. 그 순간에는 독살될지도 모른다는 걱정은 전혀 들지 않았다.

8장

돌아보지 마

아랍 남자가 돌아왔다. 남자는 마당을 지나 현관문을 열더니 땅으로 불어닥치는 토네이도처럼 두 소년에게 그림자를 드리웠다. 남자는 유수프에게 나지막이 으르렁거리는 목소리로 말을 더듬으며 팔을 휘둘렀다. 샘은 아랍 남자와 유수프를 번갈아 보면서 무슨 말을 하는지 추측해 보려고 애썼다. 다시 두려움이 몰려왔다. 아니, 아까부터 두려움은 계속 숨어 있었다.

샘은 재빨리 몸을 일으키고 겨드랑이에 목발을 밀어 넣더니 남자의 얼굴을 보았다. 남자의 눈은 체리 빛깔 검은색이고 광대뼈는 돌을 깎아 놓은 것 같았다. 남자는 손을 들어 샘의 머리에 손도끼처럼 댔다. 샘은 본능적으로 몸을 숙이거나 비틀거나 비켜야 한다고 생각했다. 하지만 눈을 감고 가만히 서서 주먹을 기다렸다. 그 순간…… 웃음소리가 들렸다. 샘의 목 주위에 가볍게 바람이 일었다. 샘은 눈을 뜨고 아래를 내려다보았다. 검은색과 흰색 술이 달린 스카프가 샘의 어깨에 둘러져 있었다. 사람들이 '아랍인' 하면 떠올리는 케피예였다. 아랍인이라면 정치인들도 두르지만 이스라엘 사람들은? 절대 두르지 않는다. 말도 안 된다. 스카프는 정말로 샘의 살을 태울 듯이 뜨겁게 느껴졌다. 샘은 왼발로 서서 스카프를 걷어 내려 했다.

어디선가 또 다른 목소리가 히브리어로 말했다.

"차가 왔어."

차? 무슨 차? 누가 말하는 거지? 샘은 재빨리 이리저리 둘러보았다.

목소리는 마당에서 들려왔다. 남자가 소년들에게 따라오라고 손짓하더니 현관문을 지나 별빛이 비치는 마당으로 나갔다.

"어서 와."

유수프가 소리쳤다.

샘은 머뭇거렸다. 여자가 샘을 바라보고 있었다. 그런데 여자는 뜻밖에도 미소를 지었다. 활짝 웃는 것은 아니었다. 그저 고개를 끄덕이며 용기를 주는 미소였다. 샘도 미소를 짓고는 유수프를 따랐다. 목발이 도자기 타일에 부딪쳐서 맑은 소리를 냈다.

"잠깐."

여자가 샘을 불러 세웠다.

샘이 한 발로 껑충거리며 돌아섰다. 샘은 여자가 미소를 지으며 손을 흔들어 작별 인사를 해 주리라 생각했다.

"곧 너희 유월절이잖아. DVD로 '말 없는 기수'라는 프로그램을 보고 알았어."

샘도 그 프로그램에 대해 들은 적이 있었다. 이스라엘 사람이라면 모두 알 것이다. 이집트에서 만들어진 그 프로그램은 유대인을 사악하고 교활한 괴물로 그렸다. 미국 국회뿐만 아니라 이스라엘 정부도 그 프로그램을 맹렬히 비난했다.

여자가 이야기를 계속했다.

"거기서 유대인이 이슬람 아이들을 납치해서 그 피로 추악한 무교병(유월절에 먹는 빵-옮긴이)을 만드는 것을 보았어."

여자가 샘을 신기한 듯이 바라보았다.

뭐라고? 방금 뭐라고 했지?

"샘, 어서 와."

유수프가 재촉했다.

샘은 입을 벌리고 여자를 쳐다보았다. 지금 뭐라고 했지?

"샘!"

이번에는 유수프가 소리를 질렀다.

여자가 어서 가라는 듯이 손을 흔들었다. 여자가 스위치를 끄자 마당은 어둠에 덮였다. 대문은 열려 있었다. 노란 가로등이 길 반대편을 비추었다.

샘의 눈이 어둠에 적응했다. 자동차 한 대가 집에 바싹 붙어 있었다. 자동차 뒷문이 열려 있었다. 샘은 도망치고 싶었지만 도망칠 수가 없었다.

남자가 뒷자리를 가리켰다. 샘이 목발을 끌며 먼저 올라탔다. 유수프가 옆에 앉았다. 문이 쾅 하고 닫혔다. 운전사가 귀에 담배를 꽂고는 운전대 위에 몸을 구부리고 있었다. 운전사는 뒤를 돌아보거나 말을 걸지 않았다. 샘은 자동차 뒷거울로 운전사의 눈을 보았다. 샘은…… 증오를 보았다. 나를 죽일 수도 있어.

자동차를 준비해 준 남자가 운전석 옆에 앉았다. 자동차가 갑자기 출발했다. 샘의 머리가 이리저리 흔들렸다. 잠깐! 잠깐! 자동차가 언덕을 내려가고 있었다. 병원은 바로 뒤의 언덕 위에 있었다. 심장이 두근거렸다. 기도하자, 기도하자. 하지만 기도가 떠오르지 않았다. 샘의 머릿속은 텅 비어 버렸다. 샘이 할 수 있는 최악의 일은 비명을 지르는 것이었다.

자동차가 갑자기 멈추는 바람에 샘은 앞좌석에 머리를 부딪쳤다.

"돌아보지 말고 빨리 가."

운전사가 유수프에게 아랍어로 으르렁거렸다.

샘은 통역 없이도 그 말을 알아들었다. 유수프가 문을 열더니 밖으로 굴러떨어졌다. 샘은 목발을 던진 다음 차 밖으로 떨어져 내렸다. 둘이 일어서기도 전에 자동차는 사라졌다.

샘과 유수프는 어둠 속의 보도에 서 있었다. 풀로 덮인 로터리가 바로 앞에 있고 반 블록 떨어진 곳에 신호등이 있었다. 둘은 거기가 어디인지 알아낼 겨를이 없었다. 차들이 어둠 속에서 눈부시게 빛나는 하얀 빛줄기를 그리며 빠르게 돌았다. 자동차 불빛이 크고 흐릿한 공으로 보였다.

샘이 목발을 내미는 바람에 유수프가 앞으로 휘청거렸다. 발을 헛디딘 유수프가 둔탁한 소리를 내며 넘어졌다. 유수프는 헉하고 숨을 삼키고는 멍하니 샘을 올려다보았다.

"왜 그래?"

유수프는 당황하기보다는 충격을 받았다.

"나를 저런 곳에 데려간 대가야."

샘이 으르렁거렸다. 억눌렸던 공포가 분노로 바뀌었다.

유수프가 펄쩍 뛰었다.

"말했잖아. 넌 결코 위험하지 않다고."

유수프는 주먹을 쥐고 샘을 노려보았다.

"네가 어떻게 알아."

샘이 손바닥으로 유수프를 밀쳤다.

유수프는 샘의 턱에 주먹을 날렸다. 샘은 균형을 잃고 뒤로 쓰러졌다. 목발이 날아갔다. 유수프는 샘에게 몸을 날렸다. 둘은 엎치락뒤치락했다. 볼 수 없는 아이는 보지 않아도 되고, 걷지 못하는 아이는 걷지 않아도 되었다. 둘은 잔디 위에서 앞뒤로 구르며 서로 할퀴었다.

"날 죽이려고 했어!"

샘이 한 손으로 유수프 턱을 밀고 다른 손으로 배를 때리면서 투덜거렸다. 샘은 팔 힘이 셌다. 두 달 동안 휠체어를 밀고 목발을 짚은 덕분이었다. 하지만 유수프는 날렵하고 재빨랐다. 유수프는 막고 구르고 돌면서 샘의 가슴을 계속 때렸다.

"너를 죽여? 아무도 너를 죽이려고 하지 않았어."

"너희 아랍 사람들은 평화가 총구에서 나온다고 생각해."

샘이 유수프의 주먹을 막았다.

"난 나를 팔레스타인 사람이라고 불러. 난 팔레스타인 사람이야!"

"그럼 이스라엘 사람은 뭐라고 부르는데?"

샘이 소리쳤다.

"도둑들!"

유수프도 소리쳤다.

"도둑들? 우리가 뭘 훔쳤어? 나는 여기에서 태어났어. 난 사브라라고. 우리 엄마도 여기에서 태어났어. 엄마도 사브라야. 우리는 여기에 있을 거고 결코 떠나지 않을 거야."

샘은 유수프를 힘껏 밀쳤다.

"너희 민족은 수천 년 전에는 여기 있었어. 하지만 떠났지. 우리 민족은 결코 떠나지 않았어."

유수프가 샘의 팔이 닿지 않는 곳으로 몸을 굴렸다.

샘의 얼굴과 입에서 피가 떨어졌다.

"닥쳐!"

샘이 기침을 하면서 다시 유수프 쪽으로 굴러가더니 손바닥으로 때렸다.

"너나 닥쳐!"

유수프가 소매로 얼굴을 문질렀다. 그러더니 이를 악물고 주먹을 쥐고 일어섰다. 빛과 자동차와 경적 소리. 모든 소리와 형체가 빙빙 돌며 뒤섞였다. 이제는 병원으로 돌아가야 했다. 어느 길이지? 처음에는 왼쪽, 그다음에는 오른쪽, 다시 왼쪽. 샘은 눈먼 사람처럼 팔을 앞으로 뻗더니 보도에서 벗어났다. 차들이 좌우로 미끄러지며 다른 차선으로 들어섰다. 경적 소리가 귀를 찢을 듯이 불협화음을 냈다. 브레이크가 끼익 쇳소리를 냈다.

"뭐 하는 거야? 돌아와!"

샘이 소리를 질렀다. 목발이 어디 있지? 헤드라이트 불빛이 목발을 하나 비췄다. 샘은 목발을 집어 들었다. 또 하나는 어디 있지? 샘은 목발로 땅을 두드려 찾았다. 마침내 샘이 목발을 짚고 자동차 사이에서 나타났다 사라지는 유수프의 머리를 쫓아 비틀비틀 걸었다. 그런데 유수프가 완전히 사라졌다!

"유수프!"

샘이 발을 헛디뎠다가 다시 똑바로 서서 보도 가장자리를 향해 크게 두 걸음을 뗐다.

"유수프!"

유수프는 샘의 목소리가 나는 쪽을 돌아보았다. 유수프는 고개를 이상한 각도로 꺾고는 마치 손가락으로 차들을 멈추려는 것처럼 두 손을 앞으로 뻗었다. 유수프가 샘 쪽으로 한 걸음을 뗐다.

샘은 넋을 놓고 서 있었다. 안 돼! 안 돼! 안 돼! 유수프가 중앙선을 넘었어. 계속 가야 해.

"유수프, 계속 가. 넌 이미 너무 멀리 갔어."

자동차 경적 소리 위로 샘의 흥분한 목소리가 터져 나왔다. 유수프는 얼어붙은 것 같았다.

"유수프!"

샘은 차도로 내려섰다. 차들이 주위를 스쳐 지나갔다. 운전자들이 차창 밖으로 고함을 질렀다. 샘은 계속해서 앞으로 걸었다. 첫 번째 차선, 두 번째 차선, 세 번째 차선. 그 순간, 공이 굴러 나왔다. 아리가 자신을 부르는 소리가 들리는 것 같았다. 생각하지 마.

생각하지 마.

"유수프, 움직여!"

샘이 앞으로 거꾸러졌다. 차들이 방향을 틀어서 샘을 피했다. 불빛들이 혼란스러웠다. 차들이 두 소년을 피해 방향을 돌리는 동안, 샘은 한쪽 팔에 두 개의 목발을 끼우고 유수프에게 손을 내밀었다. 샘의 팔이 유수프의 어깨를 감쌌다. 유수프가 샘의 허리를 감쌌다. 둘은 재빨리 잔디가 깔린 로터리 중앙으로 비틀거리며 올라섰다.

"왜, 왜 나를 따라왔어?"

유수프가 숨을 헐떡이고 기침을 하며 손등으로 얼굴을 닦았다.

샘은 몸이 떨리고 근육이 뒤틀리고 심장이 두근거렸다. 샘은 별들을 올려다보며 말했다.

"난 겁쟁이가 아니니까."

9장
모두 미쳤어

샘은 옆으로 누워서 손과 무릎으로 땅을 짚고 일어서려고 했다. 하지만 소용없었다. 샘은 목에 두른 아랍 스카프로 얼굴에 말라붙은 피를 닦았다. 그러고는 하늘을 향해 유수프 곁에 나란히 누웠다. 보름달과 별들이 도시의 환한 불빛 때문에 뿌옇게 보였다. 잔디를 깎은 지 얼마 되지 않았는지 달콤한 흙냄새가 났다. 아리의 비명 소리가 다시 샘의 귓가에 울렸고, 트럭이 샘을 향해 돌진해……

샘은 눈을 깜박였다. 처음으로 사고에 대한 기억이 떠올랐다.

유수프가 몸을 일으키더니 천천히 일어났다.

"자."

유수프가 목발을 내밀었다. 샘이 앉아서 목발을 잡았다. 하지만 일어설 수가 없었다. 붙잡을 것이 없었다.

유수프가 샘 뒤에 쪼그리더니 두 팔로 샘의 가슴을 감쌌다.

"하나, 둘……."

샘이 한 번에 일어났다.

"괜찮아?"

유수프가 물었다.

"안 괜찮아. 하지만 물어봐 줘서 고맙다."

샘이 중얼거렸다. 그냥 고맙다고 말할걸 그랬나? 그러느니 차라리 잔디를 뜯어 먹겠다. 샘은 검은색과 흰색이 섞인 스카프를 내려다보았다. 피가 묻어 더러워 보였다. 이걸 어떻게 하지?

저만치 손을 잡은 소년과 소녀가 걸어왔다. 샘은 서둘러 스카프를 셔츠 아래로 밀어 넣었지만 둘은 샘과 유수프를 쳐다보지도 않았다. 둘은 서로를 바라보느라 정신이 없었다.

유수프와 샘은 잔디밭에서 잠시 고민했다.

"어떡하지?"

유수프가 물었다.

"버스를 타고 병원으로 돌아가자."

샘이 조금 위태롭게 서서 길 건너 아래쪽의 버스 정류장을 가리켰다. 어느 버스든 상관없었다. 샘은 주머니의 돈을 만지작거렸다. 택시를 타기엔 부족했다. 일단 걷자. 서둘러 걸어야 했다. 샘은 조금 떨어져 있는 신호등 쪽으로 걷기 시작했다.

유수프가 뒤에서 걸었다. 눈이 있어야 할 자리가 가렵기 시작했다. 둘은 마치 모르는 사람들처럼 거리를 두고 신호등 앞에서 길을 건넜다. 버스 정류장이 코앞에 있었다. 둘은 버스를 기다리는 내내 아무 말도 하지 않았다.

버스가 털털거리며 정류장에 멈췄다. 샘은 문에 목발 끝을 대고 계단을 느릿느릿 올랐다. 샘은 버스에 올라 생각했다. 내 버스비만 내면 어떨까? 자신이 해적 소년의 버스비를 내줄 의무는 없었다. 그러면 유수프는 예루살렘 거리를 돌아다니다 국경 경찰에 잡혀서 웨스트뱅크로 돌려보내질지도 모른다.

샘은 망설였다. 유수프가 버스 계단을 올라왔다. 운전기사의 눈썹은 털투성이 벌레 같은 두툼한 일자 눈썹이었다. 그래서인지 신경질적으로 보였다. 운전기사는 불룩하게 튀어나온 샘의 셔츠를 야릇한 눈빛으로 보았다. "봐요, 폭탄은 없어요."라고 말하듯이 샘이 배를 두드렸다. 샘은 두 명의 버스비를 냈다. 둘은 떨어져 앉았다. 샘은 버스의 왼쪽에, 유수프는 오른쪽에.

샘이 전화기를 꺼냈다. 알리나의 문자가 와 있었다.

아직 화났어? 좋은 생각이 났어. 유수프는 에스코트로 지원하면 돼. 그러면 유수프에게 외출 허락이 날 거야. 그치? 그 규칙 알지? 우리는 안식일 이후에 구시가지에 갈 수 있어.

샘은 잠시 망설였다. 뭐라고 하지?

유수프는 주위를 둘러보다가 샘이 자신을 보고 있지 않자, 삼촌의 못생긴 검은 안경을 꺼냈다. 안경을 쓰고 창문에 얼굴을 댔다. 언덕 위의 구시가지가 또렷이 보였다. 낮에 구시가지의 벽은 커피보다 크림이 많은 크림 커피 색깔이지만, 밤에는 엄청난 조명을 받아 초록색, 빨간색, 파란색으로 빛났다. 마법 같고 현대적인 광경이 나쁘지 않았다. 유수프는 숨을 들이쉬고는 그대로 참았다. 피로가 걷히고 두통이 사라지자 돌아가지 말고 어서 오라는 목소리가 들리는 듯했다. 여기에서 포기하기에는 구시가지가 너무 가까웠다.

유수프는 안경을 주머니에 넣고 버스의 기둥을 잡았다. 이렇게 세련된 버스는 타 본 적이 없었다. 어떻게 버스를 세우지? 그때, 앞에 있던 노부인이 버튼을 누르자 버스가 천천히 멈췄다. 유수프는 재빨리 노부인의 뒤를 따랐다.

샘이 깜짝 놀라 유수프를 올려다보았다.

"어디 가는 거야? 기다려!"

하지만 유수프는 멈추지 않고 버스에서 내렸다.

"기다려!"

샘은 휴대 전화를 주머니에 넣고 목발을 재빨리 움직여서 버스 문 쪽으로 갔다. 하지만 문은 샘 앞에서 닫혀 버렸다.

"아저씨, 내려 주세요!"

샘은 목발 끝으로 문을 두드렸다.

"망할 녀석 같으니라고!"

운전기사가 짜증 나는 어린 승객에게 큰 소리로 욕을 했다. 문이 열렸다. 운전기사가 친절해서가 아니라 신호등이 빨간불로 바뀌었기 때문이다. 샘은 비틀거리며 버스에서 내렸다.

"뭐 하는 거야?"

샘이 소리를 질렀다.

"멈춰. 빨간불이라고!"

유수프가 멈췄다. 샘은 씩씩거리며 유수프를 따라잡았다.

"병원으로 돌아가는 거 아니었어?"

"너 혼자 돌아가."

앞을 막았던 버스가 움직이자마자 유수프가 재빨리 길을 건넜다. 평생 거부당했던 무엇인가가 갑자기 자신도 모르게 튀어나왔다. 이 마음을 저 이스라엘 아이에게 어떻게 설명할까?

"넌 미쳤어. 그거 알아?"

샘이 뒤처지지 않으려고 안간힘을 썼다. 목발이 겨드랑이를 찔러 대고 피 묻은 스카프가 셔츠에서 자꾸 삐져나왔다.

"여기는 서아시아야. 모두가 미쳤지. 넌 병원으로 돌아가."

유수프는 걸음을 늦추고 주위를 둘러보았다. 이제는 앞이 잘 보였다. 나무들이 늘어선 거리에는 불빛이 환했다. 모든 것이 깨끗했다. 집들은 아름답고 나무들은 우거지고 산울타리는 무성하고 화분에는 꽃들이 만발했다. 이곳 이스라엘, 예루살렘은 유수프에게 비현실적이었다. 차도를 막는 괴상한 시멘트 덩어리는 없었다. 모퉁이마다 쓰레기도 없었다. 유수프는 걸음을 멈췄다. 아주 오래된 거대한 올리브 나무가 가로등 불빛을 받으며 떡하니 서 있었다. 저 나무는 어디에서 왔지? 유수프는 스스로에게 묻다가 그 답을 스스로 찾았다.

유수프는 못생긴 안경을 썼다. 어떻게 보일지는 상관없었다. 모든 것을 잘 보고 싶었다. 사람들이 유수프를 스치며 지나갔다. 모두들 크게 떠들었다. 모든 것이 시끄러웠다. 자동차, 트럭, 카페와 레스토랑에서 흘러나오는 음악. 결혼식이나 종교 행사가 있나? 거리마다 똑같았다. 남자와 여자들은 서로에게 머리를 기댄 채 대화를 나누며 걸었다. 소년과 소녀들도 함께 걸었다. 종종 팔짱을 끼고. 소녀들은 몸이 드러나는 옷을 입었다. 맨다리, 민소매옷. 어떤 소녀는 허벅지가 보일 만큼 짧은 치마를 입었다. 그런 소녀들을 병원에서도 보았고 미국의 텔레비전 쇼에서도 본 적이 있었다. 하지만 이렇게 길거리에서 보는 것은 달랐다. 저들은 부끄럽지 않을까?

유수프는 멈췄다. 두 남자가 벤치에 앉아 있었다. 남자들의 발치에는 커다란 손잡이가 달린 특이한 의자가 있고 거기에는 얼굴이 동그랗고 분홍빛이 도는 아기가 까르륵거리고 있었다. 두 남자는 기댄 채 서로의 말을 듣고 있었다. 한 명은 미소를 짓고 다른 한 명은 웃음을 터뜨렸다. 그들은……. 유수프는 차마 그 단어를 내뱉을 수가 없었다. 하지만 그런 관계에 대해 알고 있었다. 인터넷에서 본 적이 있었다.

"왜 그래?"

샘이 아랍 스카프를 셔츠 안에서 꺼내며 물었다. 스카프 때문에 간지러웠다. 어디에 버리지? 쓰레기통이 없었다. 덤불 속에 쑤셔 넣어야 할 것 같았다.

"저 남자들, 내 생각에……."

유수프는 고개를 돌리고 샘이 보기 전에 안경을 재빨리 주머니에 넣었다.

샘이 두 남자를 보고 어깨를 으쓱였다.

"저들은 아기가 있는 게이들이야. 그래서 뭐?"

샘은 덤불을 찾아 두리번거렸다.

"저들은 곧 들통 날 거야. 군인이 체포하겠지."

유수프는 혼란스러웠다.

"왜 체포해?"

샘이 스카프를 둥글게 뭉쳐서 주머니에 쑤셔 넣었다. 주머니가 불룩해졌다.

"동성을 사랑하는 것은 알라신의 법을 어기는 거야."

"알라가 이스라엘 법을 만들지는 않잖아."

샘이 스카프를 다시 목에 두르고 셔츠 아래로 밀어 넣었다.

"보여?"

유수프가 샘을 흘깃 보았다.

"뭐가?"

"스카프 보여?"

"무슨 스카프?"

둘은 교차로를 지났다. 웅장한 탑이 서 있는 YMCA 건물이 왼쪽에 있었다. 다윗 왕 호텔은 길 건너에 있었다. 유수프는 호텔 안을 살펴보았다. 천장에 매달린 샹들리에가 태양처럼 반짝였다. 둘은 가게를 지나고 차들을 지났다. 유수프는 주위 모든 방향을 한번에 바라보았다. 으악, 아주 커다란 뭔가와 부딪쳤다.

"뭐야?"

유수프가 손을 뻗어 만졌다.

"바이올린이야. 도대체 얼마나 안 보이는 거야?"

유수프가 눈썹을 치켜세웠다.

"왜 저런 것을 만드는 거야? 무슨 쓸모가 있다고?"

유수프는 바이올린을 올려다보았다. 거대했다!

샘이 어깨를 으쓱였다.

"내 생각에는 예술이겠지. 하지만 그보다는 장식을 위해서겠지."

유수프가 고개를 끄덕였다. 베들레헴 주위의 아이다 난민 캠프 입구에도 그런 조각상이 있었다. 이스라엘 사람들에게 쫓겨난 팔레스타인 사람들이 거기 살았다. 그곳의 조각상은 거대한 철제 열쇠로, 상실을 상징했다. 많은 팔레스타인 가정에서는 장식용 열쇠를 진열해 두었다. 언젠가 도둑맞은 집에 들어갈 때 사용할 열쇠라고 믿었다. 그 거대한 철제 열쇠에는 의미가 있지만 이 거대한 철제 바이올린은 무얼 의미하지?

"가자."

샘이 바이올린을 지나 쇼핑몰로 들어갔다. 어깨와 팔은 아팠지만 심장은 더 이상 두근거리지 않았다. 죽음이 코앞에 있다는 두려움도 들지 않았다. 자신들이 벌인 일은 자신들이 끝내는 편이 나았다. 샘은 주머니의 전화기를 만지작거렸다. 어디든 앉을 기회가 생기면 바로 알리나에게 문자를 보낼 것이다. 아마 깜짝 놀랄 것이다.

밤공기는 더웠지만 문이 열린 상점에서 에어컨 바람이 불어왔다. 소년들 위쪽의 차양이 가볍게 흔들렸다. 둘은 나란히 걸었다. 유수프가 입을 벌리고 목을 길게 뺐다.

"쇼핑몰에 처음 온 티 좀 내지 마. 괜히 사람들의 관심이나 벌레들을 끌어모을 테니까."

샘이 조용히 말했다.

유수프는 입을 다물었지만 두리번거리는 건 멈출 수가 없었다. 아주 밝았다. 사방에 사람들이 있었다. 사람들은 무리 지어 이야기를 나누고, 계단에 앉아 커피를 마시고, 가게의 진열창을 들여다보고, 길거리의 식당에서 음식을 먹었다. 별이 빛나는 밤하늘에 어울리게 기타를 연주하며 노래를 부르는 사람도 있었다. 유수프는 지금껏 그런 색깔을 본 적이 없었다. 가게의 창문들, 레스토랑, 심지어 사람들까지 분홍색과 노란색 그리고 정열적인 빨간색을 띠고 있었다. 왼쪽과 오른쪽으로 재빨리 고개를 움직인다면 아마도 만화경 안에 들어간 기분일 것이다. 나세르 형에게 그런 장난감이 있었다. 나세르. 유수프는 다른 생각들을 떨치려는 듯이 고개를 흔들었다. 지금은 아냐. 가족에 대해서는 나중에 생각할 것이다.

유수프는 주머니에 들어 있는 삼촌의 못생긴 안경을 만지작거렸지만 아주 밝아서 잘 보였다. 길고 깨끗한 진열창으로 옷, 신발, 예술품이 보였다. 유수프는 가게들의 영어 이름을 소리 내어 읽어 보았다. 롤렉스, 타미 힐피거, 에이치 스턴, 나이키, 폴로, 랠프 로렌, 노티카, 베베, 카스트로, 로넨 첸, 그리고 멀찍이 떨어진 곳에 있는 스타이마츠키 대형 서점.

보도 가운데에는 정통파 유대인이 기도용 숄을 걸치고 작은 테이블 뒤에 서서 남자들에게 머리와 팔에 성구함을 차라고 권하고 있었다. 유수프에게 성구함은 기다란 줄이 달린, 작고 검은 상자로만 보였다. 하지만 종교적인 이유로 그 상자가 중요하다는 것을 알아차렸다. 상자 안에는 성경 구절들이 담겨 있을 것이다. 유수프는 젊은 군인이 가죽 줄을 팔, 손, 손가락에 감는 것을 지켜보았다.

"그만 봐."

샘이 속삭였다.

유수프는 고개를 끄덕였지만 볼 것이 너무 많았다. 검은 머리 스카프에 검은 스웨터와 사막 색깔의 롱스커트를 입은 젊은 여자가 마르고 구부정한 남자 옆에서 조용히 걸어갔다. 남자는 더위에도 불구하고 털모자에 검고 기다란 모직 코트를 입고 귓가에 사이드록을 찰랑거리며 유모차를 밀고 있었다. 주위에는 어린아이들이 물고기 떼처럼 유모차를 뱅뱅 돌며 남자를 따랐다. 어떻게 머리를 저렇게 만들었지?

샘은 목발을 짚고 비틀비틀 걸으면서도 자랑스러웠다. 이곳이 유수프의 눈에 어떻게 보일지 상상해 보았다. 아름다운 건물들, 카페에서 커피를 마시는 사람들, 휴대 전화로 통화하는 사람들, 미소, 웃음, 음악. 이것이 정상적인 모습이었다. 전에 여기에는 아무것도 없었다. 모래와 바람과 낙타 외에는 아무것도. 예루살 렘은 한때 벽지였지만 지금은 봐라. 이스라엘 사람들이 60년 만에 어떤 일을 해냈는지!

유수프는 고개를 흔들었다. 이 모든 것들은……, 이것들은……, 너무 지나쳤다. 현기증이 났다.

"너희는 이 모든 것들을 갖고도 더 가지고 싶어 하지."

샘은 깊게 숨을 들이쉬었다.

"어떻게?"

그때 샘의 눈에 뭔가가 들어왔다. 마가브니킴이라고 불리는 이 스라엘 국경 경찰이 베레모에 어두운 제복을 입고 어설트 라이플 을 들고는 느긋하게 걸어왔다.

"경찰이야."

샘이 나지막이 말했다.

유수프는 셔츠 속으로 턱을 집어넣었다. 심장이 두근거렸다. 유 수프는 여자 옷가게를 들여다보았다. 그런데 뒤에서 자신의 어깨 를 붙잡는 경찰의 손이 느껴졌다. 휴, 상상이었다. 경찰들은 자신 에게 여행증을 요구할 것이다. 이스라엘에서는 모두 신분증을 가 지고 다녀야 한다. 유수프는 내놓을 것이 아무것도 없었다. 경찰 들은 유수프를 가게 창에 밀어붙이고, 땅에 내던진 뒤, 팔을 등 뒤 로 비튼 다음 귀에 대고 위협적인 말을 늘어놓을 것이다. 나세르 형은 이스라엘 경찰들이 감옥에 갇힌 팔레스타인 소년들에게 끔찍한 짓을 한다고 말했다. 사실일까? 무엇이 사실이고 무엇이 거짓일까?

샘은 고개를 돌리고 목덜미를 문지르며 주위를 살폈다. 모두 알고 있듯이 군인들, 경비원들, 경찰들은 둘씩 짝을 지어 다녔다. 저기! 샘은 몇 걸음 떨어진 곳에서 벽에 몸을 기댄 채 몰래 담배를 피우는 두 번째 경찰을 찾아냈다. 샘은 해적 소년을 돌아보았다. 해적 소년은 장례식장의 어릿광대처럼 눈에 띄었다.

유수프는 두근거리는 마음으로 진열창에 비친 샘의 모습을 보았다. 샘은 창백해 보였다. 입술도 하얗게 질려 있었다. 하지만 이스라엘 사람이 공포에 대해 무엇을 알까? 늦은 밤 쳐들어와서 문을 박차고 아버지와 형들에게 굴욕감을 주고 어머니와 누이들을 두렵게 하는 경찰이나 군인에 대해 무엇을 알까? 이스라엘 사람들은 공포에 대해 아무것도 모른다.

샘은 두 번째 경찰이 첫 번째 경찰에게 다가가는 것을 보았다. 둘은 머리를 맞대고 웃었다. 그들은 샘이 손을 뻗으면 닿을 거리에 있었다.

유수프는 진열창의 마네킹에서 눈을 떼지 않았다. 마네킹의 발가락에 우아하게 접힌 작은 종이쪽지가 있었다. 유수프는 종이의 숫자가 보일 때까지 눈을 가늘게 뜨고 바라보았다. 종이에 뭐라고 씌어 있는 거지? 청바지가 400셰켈! 유수프는 숨을 삼켰다. 이 청바지는 팔레스타인 가족의 2주일 생활비보다 비쌌다. 이스라엘 사람들은 자신이 상상했던 것보다 부자였다.

"여기서 빠져나가자."

샘이 속삭였다. 유수프는 경찰들이 멀어지는 모습을 진열창을 통해 바라보면서 고개를 끄덕였다.

샘은 분홍색의 매끈하고 반짝이는 계단을 가리켰다. 그 계단은 구시가지 입구의 광장으로 이어졌다. 한 가지 의문이 샘의 머릿속에 떠올랐다. 우리가 들킨다면 나도 체포될까? 아마 해적 소년이 외출을 허락 받지 못하는 데는 이유가 있을 것이다. 어쩌면 해적 소년은 위험인물일지도 모른다. 그렇다면 나는 협력자로 고발당할까? 샘은 자신이 좀 더 일찍 이 생각을 했어야 한다는 것을 깨달았다. 좀 더 일찍 많은 것들에 대해 생각했어야 했다.

10장

자파 문으로

소년들은 자파 문을 통해 구시가지로 들어가 지도를 구한 다음 둥근 천장 사원에 가고 사탕 가게도 찾을 것이다. 그리고는 구시 가지를 나와 택시를 타고 병원으로 돌아갈 것이다. 아니, 먼저 사탕 가게를 찾은 다음 둥근 천장 사원에 가는 게 좋겠다. 돈이 부족 하다고 하면 택시 기사가 난리를 피울 것이다. 그러면 택시 기사 에게 내일 와 달라고 부탁하면 된다. 아니, 안 될 것 같았다. 그러 면 알리나를 깨워서 돈을 빌려 달라고 해 보자. 어쨌든 해적 소년 이 구시가지를 보고 나면 서둘러 병원으로 돌아갈 것이다.

"자파 문은 저기 위쪽이야."

샘이 계단 위를 가리켰다. 계단은 로마 콜로세움 사진에서 보았 던 계단을 닮았다. 그 문은 구시가지로 통하는, 열려 있는 문들 가 운데 가장 작았다. 그리고 구시가지의 기독교인 구역과 아르메니

아인 구역 그리고 이슬람 구역으로 이어졌다. 샘은 그 문으로 들어가 본 적이 없었다. 평소에는 이곳에 자주 오지 않았다. 구시가지는 주로 관광객들을 위한 장소였다.

샘의 주머니에서 진동이 느껴졌다. 샘은 목발을 짚고 서서 휴대전화를 꺼냈다. 10시였다. 병원에서 우리가 사라진 것을 알아챘나?

"알리나가 문자를 보냈어."

샘이 유수프에게 소리쳤다. 유수프는 몇 걸음 앞에서 뭔가를 정신없이 바라보고 있었다.

자니? PR에서 만날까? 유수프랑 같이 와.

"뭐래?" 유수프가 돌아보며 소리쳤다.

"우리가 자는지 궁금한가 봐." 샘이 답장을 치기 시작했다.

돈 좀 있

하지만 샘은 문자를 지우고 고개를 들었다.

"야!"

유수프는 이제 한 번에 계단을 두 개씩 올라가고 있었다. 병원에 입원한 적이 없는 아이처럼 계단을 뛰어올랐다.

"기다려! 어디 가는 거야? 내가 말했지. 기다리라고!"

과연 멈출까? 앞이 잘 보이지는 않겠지만 힘껏 달릴 수는 있을 것이다. 샘은 전화기를 주머니에 넣고 소리쳤다.

"말했잖아. 기다리라고!"

유수프는 계단 꼭대기에서 멈추더니 안경을 꺼내 광장 건너편을 바라보았다. 10여 명의 관광객들이 주위를 돌며 사진을 찍었다. 젊고 뚱뚱한 남자가 커다란 봉고 드럼, 두 개의 악보대, 종이가 가득한 상자를 들고 광장을 달리고 있었다. 등에는 기타 두 개를 메고 있었다. 붉은 머리카락과 수염이 땀에 젖어 머리와 얼굴에 들러붙어 있었다. 유수프는 구시가지로 몰려드는 미치광이들에 대해 들은 적이 있었다.

유수프는 오른쪽에 펼쳐진 새롭고 번쩍거리는 예루살렘, 그러니까 레스토랑과 쇼핑몰이 들어선 세속적인 예루살렘을 보았다. 왼쪽의 자파 문 주위에는 빵 장수가 베이글을 높이 쌓아 올린 수레 앞에 서 있었다. 천 년 전 풍경이라면 저렇게 어색해 보이지 않았을 거라고 유수프는 생각했다. 자파 문은 한때 비밀의 문이었다. 우주의 모든 신비로 통하는 입구였다.

샘은 유수프를 따라잡을 수가 없었다. 계단 중간에서 멈췄다. 멀쩡한 다리는 따끔거리고 아픈 다리는 나무토막 같았다.

유수프는 안경을 주머니에 밀어 넣고는 손을 내밀었다.

"네 도움은 필요 없어."

샘이 유수프의 손을 밀쳤다. 해적 소년이 슈퍼맨처럼 구는 게 벌써 두 번째였다.

"너는 너무 느려."

유수프는 허리춤에 손을 올리고 한 눈으로 샘을 노려보려고 했다. 하지만 어려웠다.

"꺼져."

샘이 숨을 고르고 한 걸음씩 힘겹게 계단을 올라갔다. 시간이 좀 걸렸지만 드디어 꼭대기에 섰다.

유수프가 광장을 돌아다니는 동안 샘은 자파 문 앞의 돌 벤치에 주저앉았다. 이제는 엉덩이가 아팠다. 샘은 주머니에서 휴대 전화를 꺼내다가 목발을 떨어뜨렸다. 휴대 전화의 배터리가 얼마 남아 있지 않았다. 알리나에게 뭐라고 말하지?

나는 여행증이 없는 애꾸눈이 해적과 예루살렘을 달리고 있어. 거의 납치될 뻔했고 어쩌면 팔레스타인 여자 때문에 독에 중독되었을지도 모르고(시간이 지나면 알겠지.) 두 명의 하마스와 같은 차를 탔고 하마터면 차에 치일 뻔했고 간신히 체포를 면했고 이제는 즐거운 관광 가이드 노릇을 하고 있어.

아니, 이건 별로였다. 샘은 자신이 무엇을 하고 있는지 사실대로 말할 수 없을 것 같았다. '지우기' 버튼을 눌렀다. 알리나에게 빌려 줄 돈이 있는지만 물을 것이다.

너……

"가자."

유수프가 불안하게 몸을 흔들며 보챘다.

"어디로? 어디로 가야 하는지 알기나 해? 넌 길을 잃어버리고 다시는 사람들 눈에 띄지 않을 수도 있어. 방랑하는 팔레스타인 사람이 되는 거지. 어쨌든, 나는 사탕 가게에 가고 싶어."

샘이 문자를 멈추고 주머니에 휴대 전화를 집어넣었다.

"사탕 가게는 잊어버려. 구시가지의 길을 잘 알아?"

유수프가 휙 돌아섰다.

"물론이지."

샘이 입술을 삐죽였다.

"그럼 나를 알아크사로 데려가 줘."

"그게 뭐야?"

"멍청이. 알아크사는 거대한 이슬람 사원이야. 5000명이 동시에 예배를 드릴 수 있어. 둥근 천장 사원이 있는 곳에 있지. 예언자

모하메드가 천국으로 올라간 장소야."

유수프가 말했다.

"제1사원과 제2사원 말이야?"

샘이 자신 없게 말했다. 샘은 종교에 대해서는 잘 몰랐다.

유수프는 못 들은 척 광장으로 뛰어나가 자파 문 앞에 섰다. 거친 돌을 만지자 차가웠다. 이 돌들은 어느 시대에나 있었을 것이다. 하지만 세상에서 오직 한 곳, 이곳에만 있었을 것이다. 이 안에는 알아크사 사원과 둥근 천장 사원이 있다. 둥근 천장 사원의 황금빛 지붕이 낮에는 윙크를 하고 밤에는 유혹을 했다. 오라, 오라. 사원은 구부러진 손가락으로 유수프에게 손짓했다. 사원에 가기에는 너무 늦은 시간이었지만 가까이에서 바라보는 것은 괜찮았다. 유수프는 역사라는 옷감의 기다란 실오라기가 자신을 부드럽게 휘감아 당기는 것을 느꼈다.

"바보 같은 짓은 하지 마. 그들이 오고 있어."

샘이 뒤에서 다가오더니 유수프 귀에 속삭였다. 유수프는 살짝 돌아보았다. 아까 그 경찰들이 자신들 쪽으로 곧장 걸어오는 것이 보였다. 시무룩하고 지루해 보이던 경찰들 얼굴에는 어느새 활기와 긴장감이 흘렀다.

그 순간, 어디선가 비명 소리가 들려왔다.

11장
빨간 머리

폭탄? 공격?

테러가 두려운 관광객과 시민들이 아이들과 함께 몸을 웅크렸다. 미친 듯이 달리는 사람들도 있었다. 한 여자가 비명을 질렀다. 사람들은 여자가 머리를 칼에 찔린 것으로 생각했다.

"내 지갑, 저 남자가 내 지갑을 훔쳤어요!"

여자는 사람들 속으로 사라지는 누군가를 떨리는 손가락으로 가리켰다. 카메라가 여자의 가슴에서 덜렁대고 있었다.

"가자!"

샘이 급하게 말했다.

"무슨 일이야?"

유수프가 사방을 둘러보았다.

"무슨 상관이야. 어서 가자."

둘은 평화로운 쇼핑몰로 가기 위해 계단으로 달렸다. 샘은 한쪽 팔 아래 목발 두 개를 모두 끼워 넣고 다른 팔로는 난간을 붙잡았다. 그러고는 한 발로 깡충깡충 계단을 내려갔다.

길가의 식당과 가게들은 붐볐다. 샘과 유수프는 서로를 놓쳤다. 샘은 쇼핑객들 너머를 바라보기 위해 한쪽 다리로 껑충거렸다. 유수프는 사람들 속에 섞이기 위해 요리조리 헤집고 다녔다. 샘은 쇼핑몰 중간쯤에서 유수프를 찾아냈다.

"유수프."

샘이 씩씩대는 목소리로 소곤거렸다.

유수프는 창백한 얼굴로 꼼짝 않고 가게의 진열창을 바라보았다. 이제는 어디로 가야 할지 몰랐다. 그저 샘을 기다리는 수밖에.

"어서 택시를 타자."

둘은 쇼핑몰을 빠져나가기 위해 계속해서 걸음을 옮겼다.

유수프는 따라 걸으면서 고개를 저었다.

"아니, 아니, 몰래 구시가지로 들어가면 되잖아."

구시가지는 아주 가까웠다.

"미쳤어? 우리는 운이 좋았어. 정말 운이 좋았다고."

샘은 다른 사람들의 걸음에 맞춰서 걸었다. 사람들은 진열창을 들여다보느라 천천히 걸었다.

"다른 문으로 가면 되잖아."

유수프도 걸음을 늦췄다.

유수프가 그런 말을 하다니. 샘은 자기 귀를 믿을 수가 없었다.

"경찰이 우리 쪽으로 오고 있었잖아. 그들은 휴대 전화가 있어. 어쩌면 우리를 찾고 있는지도 몰라. 아마 병원에서 전화했겠지. 나도 모르겠어. 병원에서 신고했다면 해적 소년과 함께 돌아다니는 목발 소년을 찾는 것이 어렵겠어?"

샘은 주머니 깊이 손을 넣었다.

"이걸 써."

샘이 폴리에스테르 재질의 구겨진 키파를 꺼냈다. 유수프는 마치 한 대 맞은 것처럼 뒤로 주춤거리며 물러났다.

"그런 건 절대 쓰지 않을 거야."

유수프는 마치 벌을 쫓아내려는 것처럼 격렬하게 고개를 저었다.

"경찰도 벌써 알아. 그래서 이걸 쓰라는 거야. 이건 어때?"

샘은 목을 더듬더니 팔레스타인 스카프를 조금 꺼내 보였다.

"어서 그걸 써."

샘이 침을 튀기며 명령했다.

유수프는 입술을 꽉 깨물었다. 유대인의 모자를 쓴다면 자신은 결코 용서 받지 못할 것이다.

"여기서 나가고 싶어, 아니면 체포되고 싶어?"

유수프가 망설이더니 머리에 키파를 썼다. 키파에 붙은 작은 은색 클립이 머리를 찔렀다. 유수프는 알라신에게 용서를 비는 기도를 중얼거렸다.

둘은 이제 환하게 불이 켜진 가게와 관광 명소들을 쳐다보지 않고 묵묵히 걸었다. 쇼핑몰 입구 오른쪽의 거대한 바이올린 옆에서 빨간 머리 남자를 보았다. 남자는 커다란 덩치에 기타와 봉고 드럼을 매달고 악보 상자까지 들었다. 악보 하나가 상자에서 흘러서 둘 앞에 떨어졌다. 샘의 목발이 악보를 밟았다.

"미안."

빨간 머리가 상자를 내려놓고 무릎을 꿇으며 사과했다.

"아뇨, 제 잘못인 걸요."

샘이 대답했다.

빨간 머리가 샘에게 미소 지었다.

"미안. 내가 노력은 하는데 히브리어를 잘 못해."

남자가 느린 텍사스 영어로 말했다.

관광객들이 줄지어 지나가자 샘은 자연스럽게 한쪽으로 피했다. 유수프는 발을 내려다보며 벽에 붙었다. 둘은 들키지는 않았다. 하지만 경찰이 이쪽으로 오고 있을 것이다.

"도와 드릴까요?"

샘은 편안하고 느긋하게 말했다. 마치 땀에 젖은 이방인과 대화를 나누는 것이 세상에서 가장 즐거운 일인 것처럼.

"저 모퉁이를 돌면 내 차가 있어."

텍사스 남자가 거대한 어깨를 들썩였다. 웃는 것인지, 아니면 심장 발작을 일으킨 것인지 도무지 알 수가 없었다.

"내 친구가 상자를 옮겨 드릴 거예요."

샘이 유수프를 쿡 찔렀다.

"도와줘."

샘이 유수프 귀에 속삭였다.

유수프가 상자를 내려다보았다.

"내가 왜?"

유수프가 어깨 너머로 돌아보며 말했다.

"차가 있대. 그러니까 그냥 도와줘."

샘은 히브리어로 말했다. 제발 텍사스 남자가 알아듣지 못하기를……

"왜 차가 필요한데?"

유수프가 중얼거렸다.

"여기서 나가야지."

샘은 마음이 급해서 목소리가 절로 높아졌다.

"택시를 탄다면서."

유수프가 어깨 너머로 쇼핑몰을 돌아보았다.

"택시가 있으면 타야지. 지금은 입 다물고 도와줘."

"네 입이나 다물어."

유수프가 어깨에 상자를 올렸다.

"고맙다. 미국에 돌아가면 말해야겠어. 다들 이스라엘 사람들은 무례하다고 말했는데 여기 와 보니 모두 아주 친절해."

빨간 머리가 말하는 동안 탈릿(유대인 남자가 아침 기도 때 어깨에 걸치는 숄—옮긴이)이 어깨에서 미끄러졌다. 프라이팬의 달걀처럼 머리에서 미끄러지는 키파도 두 번이나 붙잡았다.

샘은 유수프를 머리로 가리켰다.

"내 친구는 영어를 못해요. 히브리어만 하죠. 우리는 가야 해요."

"내 차는 불법 주차해 뒀어. 여기서는 주인이 보이지 않는 차들을 어떻게 하는지 너도 알지?"

등에 기타를 지고 손가락에 드럼 줄을 감은 빨간 머리가 사람들을 헤치고 쇼핑몰을 빠져나갔다. 사람들이 길을 비켜 주었다. 홍해를 가르는 모세 같았다.

"어디로 가세요?"

샘이 따르며 물었다.

"교외에 있는 마알레 아두민으로. 아랍 사람들이 정착촌라고 부르는 곳이지. 이스라엘에 오기 전에는 옛날 서부의 요새처럼 정착촌에 오두막이 모여 있는 줄만 알았어. 정착촌이 팔레스타인 영토와 웨스트뱅크 등에 있는 것은 알았지만 얼마나 큰지는 몰랐어. 텍사스 주의 웨이코에 살다 보면 이스라엘이 그렇게 중요하게 생각되지 않거든. 그렇다고 오해는 하지 마. 나는 이스라엘에 대해 많이 아니까. 이스라엘 인구는 710만 명이고 그중 20퍼센트가 아랍 사람들이지."

빨간 머리는 교실에서 발표하는 아이처럼 자랑스럽게 말했다. 이 남자는 만화 속의 인물 같았다!

"가족이 마알레 아두민에 있어요. 차를 좀 태워 주시겠어요?"

샘이 빨간 머리에게 부탁했다.

유수프가 고개를 흔들었다. 빨간 머리가 똑바로 들었을까? 마알레 아두민? 유수프는 영어는 잘 모르지만 그 이름은 알았다. 샘이 나를 어디로 데려가려는 거지?

빨간 머리가 뒤로 물러서서 샘을 위아래로 쳐다보았다.

"좋아. 신세를 갚을 수 있어서 기쁘다."

"난 정착촌에는 가지 않을 거야."

유수프가 샘에게 히브리어로 항의했다.

"그냥 교외야. 나도 거기는 가지 않을 거야."

샘이 봉고 드럼의 줄을 잡고 빨간 머리의 뒤를 따랐다.

"뭐가 교외야?"

유수프는 헷갈렸다.

"마알레 아두민."

샘이 대답했다.

"마알레 아두민은 팔레스타인 땅에 있는 불법 정착촌이야."

"일단 여기서 나가자."

샘이 유수프를 돌아보았다. 빨간 머리가 말한 대로 혼다가 모퉁이 너머에 주차되어 있었다. 남자가 열쇠고리의 버튼을 누르자 트렁크가 열렸다.

"기분 나쁘게 하려는 것은 아니지만 이스라엘 사람들은 내가 지금껏 만나 본 최악의 운전자들이야. 그런 운전자를 벌써 몇 명이나 봤어."

빨간 머리가 트렁크에 상자를 내려놓았다. 거대한 엉덩이가 눈에 띄었다.

"텍사스에 햄이라는 친구가 있어. 그 친구는 포드 익스플로러로 우편함 세 개, 가로등, 헛간을 들이받았지. 여기에는 많지 않지만 포드는 좋은 차야. 햄은 사고를 내고도 어디 하나 긁히지 않고 차에서 빠져나왔거든. 햄은 텍사스에서는 도롯가의 집들을 위협하는 무서운 운전자이지만 여기서는 그냥 평범한 노인 운전자일 거야."

빨간 머리가 신 나게 웃었고 유수프는 상자를 트렁크에 내려놓았다. 유수프는 돼지고기를 의미하는 '햄'이라는 단어 밖에 알아듣지 못했다. 샘과 미국인은 유대인이었다. 유대인들은 돼지고기를 먹지 않았다. 이슬람교도들도 먹지 않았다. 그런데 왜 돼지고기에 대해 이야기하는 거지?

샘이 고개를 들었다. 경찰이다! 경찰들이 쇼핑몰 입구에서 거리를 훑어보고 있었다.

"타라, 얘들아. 멀지 않아. 이 나라는 아주 작아서 먼 곳이 없어."

빨간 머리가 운전석으로 미끄러져 들어갔다.

샘은 목발을 뒷자리에 던지고 앞자리에 뛰어올랐다. 유수프가 고개를 흔들었다.

"여기서 몇 블록 밖으로 나갈 거야. 타!"

샘이 쏘아붙였다.

"네 친구는 왜 저래?"

빨간 머리가 물었다.

"봉고 드럼이 마음에 든대요."

샘이 자리에 털썩 주저앉았다.

유수프는 경찰이 다른 곳을 바라보는 것을 보고는, 뒷자리에 뚱한 표정으로 앉았다. 심장이 마구 뛰었다. 이제 어쩌지?

빨간 머리가 라디오 FM 88을 켰다. 오래된 미국 노래가 요란하게 흘러나왔다. 자동차는 마치 저절로 움직이듯 도로로 뛰어들었다. 샘은 울타리 너머로 질주하는 텍사스 황소를 상상했다.

"일 년 동안 여기 있었는데 아직도 히브리어 때문에 고생하고 있어. 난 고향에서 만나서는 안 될 여자를 만났어. 식사(비유대인 여자—옮긴이)에다 침례교도였지. 부모님이 정신 차리라고 여기로 나를 보낸 거야. 내 부모님은 텍사스에서 태어나지 않았거든. 그곳으로 이주한 거지. 지금은 삼촌 가족과 살고 있어. 저번에 삼촌 가족을 100명까지 셌는데 지금 돌아가면 더 태어났을 수도 있지. 삼촌은 정통파야. 나무껍질보다 거친 남자지. 난 거리에서 연주를 하고 조금씩 용돈을 벌어. 그러니까 여기서 시간 낭비만 하고 있는 것은 아냐. 난 석 달 후면 여기를 떠나. 여기는 위대하기는 하지만 너무 작은 나라야. 하지만 미국은 그렇지 않지. 그건 확실해."

빨간 머리가 활짝 웃었다.

"저기 모퉁이에서 내려 주세요."

샘이 문 위에 달린 줄을 붙잡았다.

"텍사스의 면적이 이스라엘의 32배인 것은 아니? 음, 이곳은 목장이 들어서기에도 좁아."

빨간 머리가 쾅쾅대는 라디오보다 더 크게 소리를 질렀다.

"자, 잘난 척을 좀 해 볼게. 캐나다에 대해 생각해 봐. 캐나다는 들어 봤지? 미국 위에 모자처럼 얹혀 있는 아주 커다란 나라야. 캐나다는 이스라엘보다 426배나 크지. 상상해 봐."

빨간 머리는 차들을 이리저리 피하면서 이야기를 계속했다. 뒷자리의 유수프는 몸을 똑바로 폈다. 배가 꿀렁거렸다.

"이제 여기 있는 이란에 대해 생각해 보자. 이란 사람들은 이스라엘에 대해 정말 분노하고 있지. 그런데 이란은 이스라엘보다 76배나 커. 그렇게 커다란 나라가 이렇게 작은 나라를 신경 쓰는 이유가 궁금하지 않니? 각자 알아서 살면 되는데."

빨간 머리가 운전대를 급하게 오른쪽으로 꺾었다. 반대쪽으로 미끄러진 유수프는 머리를 문에 부딪쳤다.

"차를 세워 주시면……."

샘이 다시 말을 꺼냈다.

"또 로터리네. 나는 아직도 로터리를 지나는 것이 어려워. 꽉 잡아."

차가 홱 돌며 로터리로 들어섰다. 적어도 두 명의 운전자와 몇 명의 승객이 빨간 머리에게 히브리어로 소리를 질렀다. 하지만 빨간 머리는 신경 쓰지 않았다.

표지판이 있었다. 마알레 아두민, 7킬로미터. 그 너머에는 예리코라는 표지판이 있었다. 그들은 로터리에서 빠져나오지 못하고 계속 돌고, 돌고, 돌았다.

유수프는 뒷자리에서 버둥거렸다. 손은 축축했고 이마에는 땀방울이 맺혔다.

"로터리에 들어서는 것은 진짜 어렵지만 빠져나가는 것도 조금 까다롭지."

빨간 머리가 오른쪽으로 방향을 틀었다.

"젠장, 빠져나갈 기회를 또 놓쳤어."

"샘, 샘!"

유수프가 샘의 머리를 두드렸다.

샘이 유수프의 손을 치웠다.

"제 친구와 저는 다음 신호등 앞에서 내려야겠어요. 집에 가야 하는데 시간이 늦어서……."

샘의 목소리가 점점 작아졌다. 샘의 무릎에 눌려서 컴파트먼트가 툭 하고 열렸다. 샘은 숨을 삼켰다. 강철로 만든 예리코 941 반자동 피스톨이 보였다. 유수프도 봤을까? 샘이 뒷자리를 돌아보았다. 유수프는 죽을힘을 다해 의자 끝에 매달려 있었다. 빨간 머리가 트럭 앞으로 끼어드는 동안 샘은 무릎으로 컴파트먼트를 닫았다.

"꽉 잡아. 한 번 더 돌 거야."

빨간 머리가 운전대를 왼쪽으로 꺾었다. 샘은 눈을 감았다.

"이제 이스라엘은 예루살렘에 사는 아랍 사람들을 받아 주고 있어.”

빨간 머리가 소리쳤다.

“6일 전쟁 이후 이 땅이 이스라엘의 일부가 되면서 아랍 사람들
은 다른 사람들처럼 시민의 권리를 얻었어. 그들은 원하기만 하면
완전한 시민권을 신청할 수도 있어. 그런데도 항상 불평을 하지.
젠장, 심지어 이스라엘에 있는 아랍 여자들도 투표를 한다니까.
여자들에게 투표권을 주는 아랍 국가가 얼마나 되냐고. 꽉 잡아.
이 로터리를 빠져나갈 거니까. 빌어먹을 멍청이들.”

빨간 머리가 운전대를 오른쪽으로 급하게 꺾었다. 차들이 경적
을 울리며 브레이크를 밟았다. 샘은 몸을 웅크리고 충돌에 대비했
다. 유수프는 바닥으로 떨어졌다. 다른 차에서 고함 소리와 비명
소리가 터져 나왔다.

“1번 고속도로다. 잘했어. 여기서부터는 곧장 가면 돼.”

빨간 머리가 으르렁대듯이 말했다.

예루살렘은 그들 뒤로 멀어졌다. 빨간 머리가 라디오 소리를 높
이더니 레이디 가가의 ‘저스트 댄스’를 따라 불렀다. 노래를 망치
고 있었다. 샘은 알리나가 하얀 레이디 가가 가발을 썼던 것이 생
각났다.

“저기 봐. 임시 검문소야. 준비해. 우리를 안전하게 지켜 주는
군인들에게 인사해야지.”

자동차가 속도를 늦추면서 서서히 멈췄다. 두 소년은 숨을 삼켰다. 유수프는 기절할 것만 같아 등받이로 몸을 바싹 붙였다. 마치 등받이 안으로 사라지려는 것처럼.

빨간 머리가 창문을 내렸다.

"안녕하세요, 신사 분들."

군인이 남자였다면 멋진 인사였을 텐데.

"미안해요, 숙녀 분들."

젊은 이스라엘 여자 군인이 어설트 라이플의 총구를 차창에 올려놓았다. 다른 여자 군인은 방아쇠에 손가락을 걸고 그 뒤에 서 있었다.

"미국 사람!"

빨간 머리가 떡 벌어진 가슴을 두드렸다. 잠깐 동안 아무도 말이 없었다.

여자 군인이 빨간 머리와 눈을 맞추며 위협적으로 노려보았다. 여자 군인은 샘 쪽을 넘겨다보았다. 셔츠 안에 밀어 넣었던 검은색과 흰색의 스카프가 뜨겁게 느껴졌다. 여자 군인은 뒷좌석을 흘깃 보았다. 유수프는 아직도 머리에 키파를 쓰고 새우처럼 웅크리고 있었다.

"집에 가는 중이에요. 임시 집이죠."

빨간 머리가 도로 표지판을 가리켰다. '마알레 아두민, 4킬로미터'라고 씌어 있었다.

"잠깐만요, 여권을 꺼낼게요. 가장 잘 나온 사진은 아니지만요. 사진사들이 어떤지 아시잖아요. 미소도 없고……."

빨간 머리가 여권을 꺼내기 위해 주머니를 만지는 것과 동시에 여자 군인이 주먹으로 차의 지붕을 치더니 지나가라고 손짓했다. 빨간 머리는 어깨를 으쓱이며 속도를 냈다.

"도시에는 친절한 여자가 없어. 때로는 군대가 누구 편인지 모르겠다니까. 내 생각에 군인들은 정착민을 좋아하지 않는 것 같아. 왜지? 웨스트뱅크에 살기는 하지만 정착민들도 유대인이잖아. 뭐, 정착민들의 패션은 끔찍하지만 말이야. 미국에는 평생 긴 치마와 셔츠를 입고 스카프를 두르는 여자가 없거든. 어떤 사람은 가발까지 쓰지. 음, 군인들이 정착민을 어떻게 생각하든 그건 중요하지 않아. 정부에서 군대가 우리를 지켜 줄 거라고 했으니까. 거기 뒤에는 어때, 꼬마야?"

빨간 머리는 뒷거울을 들여다보았다. 유수프가 상사병에 걸린 강아지처럼 좌석에 머리를 기대고 있었다.

"세상에, 갓 열린 토마토처럼 새파랗구나. 차에서 토하면 안 돼. 우리 삼촌 차란 말이야. 참아, 꼬마야!"

빨간 머리가 속도를 높이더니 마알레 아두민이라고 적힌 표지판을 지나 주유소로 들어섰다. 주유기가 시멘트 섬에 줄지어 있고 그 너머에는 크고 기다란 컨테이너가 있었다. 컨테이너 끝에는 사막 색깔의 텐트가 주차장으로 뻗어 있었다. 컨테이너와 텐트를 합치면 대형 트레일러만 했다. 눈부신 하얀 빛이 커다란 기둥들에서 쏟아져 내렸다. 공항에나 어울리는 빛이었다. 화성인들도 이곳을 찾아낼 것이다.

빨간 머리가 브레이크를 밟았다. 한 손으로 입을 막은 유수프가 샘의 좌석으로 덤벼들다가 뒤로 내동댕이쳐지면서 머리를 부딪치고 옆으로 굴렀다.

"내려, 꼬마야."

빨간 머리가 차에서 내리더니 뒷문을 열었다. 유수프는 두 손으로 입을 막고 비틀거리며 차 밖으로 재빨리 달려 나갔다. 텅 빈 주차장을 쏜살같이 가로질러 수영장에 뛰어들듯 관목 숲으로 사라졌다.

"아슬아슬했어!"

빨간 머리가 배가 위아래로 꿀렁거릴 정도로 신 나게 웃었다.

샘은 갑자기 피로를 느꼈다. 서둘러 뒷자리에 팽개쳐진 목발을 챙겼다.

"여기서부터는 우리끼리 갈게요. 내 친구가 다시 멀미를 할지도 몰라서요……."

샘이 말하는 동안에도 유수프가 덤불에서 토하는 소리가 들렸다.

"조금 토했다고 내가 도망가겠냐? 이리 와. 목마르다."

빨간 머리는 쓰레받기 같은 손을 흔들며 주유소 사장처럼 느긋하게 주차장을 가로질렀다. 샘은 유수프 쪽을 흘깃거렸다. 유수프는 아직도 머리를 덤불에 처박고 엉덩이를 달 쪽으로 치켜들고 있었다. 샘은 그 모습을 보고는 서둘러 빨간 머리를 따라갔다.

컨테이너 주위에 주차된 대부분의 차들은 팔레스타인 번호판인 초록색 번호판을 달고 있었다. 샘은 고속도로를 위아래로 훑어보았다. 예루살렘행 버스가 주유소에서도 멈출까?

빨간 머리와 샘은 외국인들을 지나쳤다. 그들은 바람 빠진 타이어를 정신없이 들여다보고 있었다. 아마 그들은 기독교인일 것이다. 확실하지는 않았다. 그리고 피아트를 세워 놓고 말다툼을 하는 이스라엘 남녀도 있었다. 빨간 머리와 샘은 계속 걸었고, 샘의 목발이 아스팔트에 부딪쳐서 딱딱 소리를 냈다.

텐트 안에는 남자들, 주로 아랍 남자들이 작은 커피 잔을 앞에 두고 몸을 웅크리고 있었다. 나이 지긋한 아랍 여자가 카운터 뒤의 상자에 앉아 있었다.

"세 개."

빨간 머리가 냉장고의 콜라를 가리키며 두껍고 뭉툭한 손가락을 들어올렸다. 입가에 주름이 진 여자가 말없이 카운터에 콜라

세 개를 올려놓았다. 샘이 돈을 꺼내려고 주머니를 뒤졌다.

"내가 낼게."

빨간 머리가 이를 드러내며 웃었다.

"고맙습니다."

샘은 콜라병 하나를 주머니에 넣고 빨간 머리보다 먼저 밖으로 나왔다.

그런데 밖으로 나오는 길에 일이 벌어졌다.

샘이 걷는 도중에 삐져나왔는지, 아니면 차에서 저절로 삐져나왔는지 팔레스타인 스카프의 장식술이 훤히 드러났다.

"도대체 그게 뭐야?"

빨간 머리가 세게 장식술을 잡아채는 바람에 샘이 뒤로 딸려 갔다.

"무슨 장난을 치는 거지? 난 이스라엘 사람은 아니지만 이게 뭔지는 잘 알아. 너는 유대인이 아냐. 너는 누구고 뭘 원하는 거지?"

빨간 머리는 샘을 거칠게 돌려세우더니 검은 먹구름처럼 내려다보았다. 빨간 머리의 몸집이 두 배로 커졌다. 통통한 손가락이 샘의 목을 감아 잡아 올리더니 자동차 문으로 밀어붙였다. 샘이 목발을 떨어뜨렸다. 콜라가 땅에 떨어져 길 반대쪽으로 굴러갔다.

"네가 우리와 같은 유대인으로 통할 줄 알았어? 게임이냐? 토하는 유대인 아이가 네 수염이라도 되냐?"

빨간 머리의 입에서 침이 튀었다. 샘은 숨이 막혔다.

"네가 불구라도 상관없어. 내 신발에 오줌을 싸고는 비가 온다고 하지 마."

빨간 머리가 샘의 얼굴에 자신의 얼굴을 들이밀었다.

샘은 말을 할 수가 없었다. 숨을 쉴 수도 없었다. 고개를 흔들 수도 없었다. 빨간 머리가 손을 놓았다. 샘은 바닥에 부딪쳤다. 입에서 낮은 신음 소리가 터져 나왔다.

빨간 머리가 샘을 내려다보았다.

"내 말 잘 들어, 멍청아. 우리 엄마는 내가 이스라엘 사람답게 행동하기를 바라겠지만 나는 미국인이야. 미국인은 멍청이를 참아 주지 않아. 너 같은 돌대가리 때문에 이스라엘 경찰과 말썽이 생기면 안 되지. 넌 입 닥치고 있어. 누구에게도 내가 너를 태워 줬다고 말하지 마. 알았어?"

샘은 새끼 고양이처럼 길에 누웠다. 숨을 쉴 수가 없었다.

빨간 머리는 차를 몰고 사라졌다.

유수프가 비틀거리며 덤불에서 나오더니 시멘트 덩어리 위에 앉았다. 침을 뱉을 때마다 토사물 맛이 났다. 어디선가 타이어 소리가 났다. 한쪽 눈에 힘을 주고 주차장 건너편을 바라보았다. 얼른 주머니를 뒤져서 낡고 못생긴 안경을 찾았다. 유수프는 안경을 쓰기 전에 저 멀리 울퉁불퉁한 짐짝 같은 것을 알아보았다. 짐짝이 꿈지락거렸다.

"샘!"

안경은 됐어. 유수프가 주차장을 달려서 샘의 옆에 앉았다.

"무슨 일이야?"

유수프가 샘의 등을 만졌다. 샘이 무릎과 팔꿈치로 몸을 지탱하고는 구역질을 했다.

"차멀미야? 일어서 봐. 토하고 나면 훨씬 괜찮을 거야."

"차멀미 아냐."

샘은 머리를 흔드느라 숨을 제대로 쉬지 못했다. 머리가 떨어져서 주차장을 굴러간다고 해도 상관하지 않을 것이다.

"그러면 뭐야?"

"저 미국인이 나를……."

샘이 힘겹게 숨을 들이쉬었다.

"여기, 여기……."

유수프가 한 손으로 샘을 일으켜 세우고 다른 손으로 목발들을 집었다. 샘은 유수프의 어깨에 손을 올리고 간신히 섰다. 발치에 스카프가 떨어져 있었다. 샘이 몸을 숙여서 목발과 스카프를 잡느라 넘어질 뻔했다. 샘은 스카프를 이에 물고 주차장 끝으로 비틀거리며 걸었다.

"어디 가?"

유수프가 뒤에서 소리쳤다.

주차장과 사막 사이에 시멘트 덩어리가 있었다. 샘은 시멘트 덩어리를 걷어찼다. 꿈쩍도 하지 않았다. 샘은 목발을 떨어뜨리고 몸을 숙이더니 온 힘을 다해 시멘트 덩어리를 밀었다. 앓는 소리를 냈다. 마치 의자에서 가까스로 일어나는 축 처진 노인처럼.

"뭐 하는 거야?"

유수프가 몸을 숙였다.

샘의 눈에서 눈물이 새어 나왔다.

"묻어."

샘이 손가락 두 개로 스카프를 집어 올렸다.

유수프가 주위를 둘러보았다.

"여기 묻자."

쪼그려 앉은 유수프가 시멘트 덩어리 옆의 바위를 밀어 옆으로 세웠다.

"빨리!"

유수프가 힘들게 말했다. 샘이 바위 아래에 스카프를 밀어 넣었다.

"이번엔 네가 잡아."

유수프가 신음 소리를 냈다.

샘이 무릎을 꿇고 바위를 붙잡았다. 유수프는 머리에서 키파를 낚아채더니 스카프 위에 올렸다. 바위가 스카프와 키파 위로 떨어졌다. 잠깐 동안 두 소년은 쪼그리고 앉았다.

"묘비 같아."

샘이 말했다.

"그래."

유수프가 고개를 끄덕이며 샘을 보았다.

"무슨 일이 있었던 거야?"

"빨간 머리가 나를 아랍 사람이라고 생각했어."

샘이 숨을 들이쉬었다.

"너를?"

유수프는 참을 수가 없었다. 티 나지 않게 입을 다물었지만 자기도 모르게 미소가 지어졌다.

"입 다물어."

샘이 얼굴을 찡그렸다.

"너나 다물어."

유수프가 크게 웃었다. 웃다가 뒤로 넘어갔다. 유수프는 길에 드러누워 계속 웃었다.

"이제 됐어?"

"아니."

유수프가 일어나 앉더니 주머니에서 쭈글쭈글한 종이봉투를 꺼냈다.

"캐러멜이 네 개 남았어. 하나 먹을래?"

"드디어."

샘이 캐러멜을 입에 넣으며 투덜거렸다.

"무슨 말이야?"

"아무것도 아냐."

"맛있어?"

샘이 어깨를 으쓱였다. 지금까지 먹어 본 최고의 캐러멜이었다.

12장

베두인의 환대

한밤중에 두 소년은 주차장 끝의 시멘트 덩어리에 걸터앉아 있
었다.

"어떻게 예루살렘으로 돌아가지?"

유수프는 다시 현실로 돌아왔다. 내가 이스라엘 아이와 무엇을
하는 거지? 왜 이 아이를 따라 병원을 나온 거지? 바보 같은 짓이
었다. 유수프는 점점 피곤해지고 머리가 아팠다. 머릿속에서 칼이
콕콕 찌르는 것처럼.

"다 잘될 거야."

샘이 자신 있게 말하며 콜라를 꿀꺽꿀꺽 마셨다.

"네가 얼마나 무식한지 알겠어. 이스라엘 사람들은 모두 똑같
아. 너희는 법을 만들어서 다른 사람들에게 지키라고 하지. 우리
는 그 법에 따라 살아야 하지만 너희는 그렇지 않아. 검문소는 아

무 데나 돌아다니지. 군인들이 어디에나 있다는 소리야. 너희 이스라엘 사람들은 그걸 뭐라고 부르지? 임시 검문소?"

"방법이 있을 거야. 예루살렘까지 버스를 타면 되잖아."

"버스비는 있어?"

"그럼."

샘이 말했다. 버스비가 얼마나 되는지는 몰랐다. 하지만 그런 말을 한들, 무슨 소용이 있을까?

"여기가 정확히 어디야?"

유수프가 물었다.

샘이 고속도로의 표지판을 가리켰다.

"사해 28킬로미터. 수영하고 싶어?"

썰렁한 농담이었다. 유수프는 웃지 않았다.

"그렇게 나쁘지는 않아."

샘이 말했다.

"그냥 너희 아빠한테 전화하자. 아빠가 병원에서 네 서류를 가져오겠지. 아니면 우리 아빠한테 전화해서……."

그것은 마지막 방법이었다. 샘이 휴대 전화를 꺼냈다.

"안 돼."

유수프는 거의 비명을 질렀다.

"전화하지 마. 지금은 안 돼. 아직은 안 돼."

아빠가 자신을 위해 여기까지 올 수 있을까? 유수프는 자신이 없었다. 아주 큰 문제가 생길 거라는 사실만은 확실했다.

샘이 고개를 끄덕였다. 솔직히 누구에게도 전화할 생각은 없었다. 만약 아빠에게 전화를 한다면 뭐라고 할까? 샘은 그냥 문자메시지를 확인했다. 문자메시지는 없었다. 샘은 얼마 남지 않은 배터리를 아끼기 위해 전화를 끄고 자리에서 일어섰다. 하지만 다시 시멘트 덩어리에 주저앉았다. 겨드랑이에 불이 붙은 것처럼 화끈거렸다. 신음 소리가 절로 나왔다.

"넌 여자애 같은 소리를 내는구나."

유수프가 놀렸다.

"넌 여자애같이 생겼어. 머리를 자를 생각은 없어?"

샘이 맞받아쳤다.

"예루살렘으로 가는 버스가 있으면 보이겠지."

유수프가 콜라의 병뚜껑을 닫은 다음 샘을 밤공기 속에 남겨 두고 텐트로 걸어갔다.

유수프가 불빛을 향해 걷는 동안 샘은 콜라를 길게 한 모금 마시고 주위를 둘러보았다. 우습게도 자신들이 병원으로 돌아가려고 노력할수록 병원과 점점 멀어지는 것 같았다. 하지만 정말 우스운 것은 이상하게도 사고 이후……. 아니, 이제껏 중에서 지금 이 순간이 가장 재미있다는 것이었다.

10분 뒤, 유수프가 아무 걱정이 없는 얼굴로 주차장을 한가롭게 걸어왔다. 유수프가 조금 달라 보이기까지 했다.

"그거 줘 봐."

유수프가 샘의 목발을 잡더니 팔걸이 부분을 털실 같은 것으로 감싸고 줄로 단단히 묶었다. 유수프의 스웨터는 조끼가 되어 있다. 유수프가 스웨터의 소매를 뜯어낸 것이다.

"형이 발목이 부러져서 몇 달 동안 목발을 썼어. 엄마가 팔걸이 부분을 염소 가죽으로 싸 주셨어. 여기는 염소가 없으니까 이거라도 해 봐."

유수프가 목발을 돌려주었다.

샘이 목발을 팔에 끼우고 기댔다.

"좋아졌어. 훨씬 좋아졌어."

샘이 활짝 웃었다.

유수프가 다시 앉더니 남은 콜라를 마셨다.

"저기 어떤 남자가 있더라. 베두인 사람이야."

유수프가 컨테이너에 차양처럼 붙어 있는 텐트를 가리켰다.

"그 아저씨 말로는 밤에는 버스들이 이 길로 다니지 않는대. 집이 사해의 칼리아 해변 주위라는데 아저씨 집까지 태워 주면 그 집 현관에서 자자. 버스들은 새벽에 여행객들을 내려 주고 곧장 예루살렘으로 돌아간대. 아저씨가 날이 새자마자 우리를 데려다

줄 거야."

유수프는 만족스러워 보였다.

샘은 처음에는 아무 말도 하지 않았다. 베두인 사람. 베두인 족은 길가의 아주 지저분한 검은 텐트에서 살았다. 그들은 지저분한 아이들을 몇 십 명이나 기르고 염소젖을 먹는다. 아마 염소한테서 젖을 바로 받아먹을 것이다.

"왜 우리를 재워 준대? 우리는 살인자들, 테러리스트들일 수도 있잖아."

샘이 물었다. 그리고 생각했다. 그 베두인 사람이 테러리스트면 어떡하지?

"너는 이 땅에 함께 살고 있는 민족들에 대해 아무것도 모르는구나."

유수프가 콜라를 벌컥 마셨다.

"아니, 좀 알아. 이를테면 베두인 족은 손님들을 환대하지. '아라비아의 로렌스'를 봤어. 대단한 영화지. 모래도 많이 나오고. 하지만 난 벌레가 우글거리는 텐트에 들어가서 염소와 함께 자고 싶지는 않아. 난 피곤해. 배도 고파. 택시를 타고 싶어."

샘이 어둠 속을 들여다보았다.

"이스라엘 택시는 밤에 여기에 오지 않고 웨스트뱅크 택시는 예루살렘에 들어갈 수 없어. 넌 정말 아무것도 모르는 거야? 그리고 저 베두인 사람은 족장이야. 오리건 주의 포틀랜드에서 교육도 받았대. 미국이래. 알았어?"

샘이 전혀 믿지 못하고 유수프를 바라보았다.

"너는 거짓말을 하는 거야. 그 남자도 거짓말을 하는 거고. 그럴 리가 없어."

"그럼 네가 직접 만나 봐."

유수프가 콜라 두 개를 들더니 다시 주차장을 걸어갔다.

샘은 잠깐 어둠 속에 앉아 있었다. 도로를 바라보았다. 어둠뿐이었다. 어쩔 수 없이 유수프의 뒤를 따라갔다. 목발에 감은 스웨터 소매 덕분에 훨씬 아프지 않았다.

텐트 벽을 따라 불이 켜져 있었다. 그래서인지 모든 것이 흑백 사진 같았다. 아랍 남자들이 기다란 의자에 앉아 테이블에 팔꿈치를 대고 있었다. 대부분은 담배를 피우고 몇몇은 물담배를 피웠다. 커피 향과 담배 향이 났다. 냄새는 저속하고 강렬했다. 소년들이 들어왔지만 아무도 눈썹 하나 까딱하지 않았다. 샘이 유대인이라는 것을 안다면? 샘은 다시 숨 쉬기가 힘들어졌다.

"제 친구……."

유수프와 샘이 스포츠 셔츠에 다림질한 베이지색 바지를 입은 젊은 남자 앞에 섰다. 남자는 지적인 검은 눈에 수염이 없었다.

"제 친구…… 새미예요."

유수프가 말했다.

새미? 샘은 아랍식의 소개를 이해했지만…… 새미라고? 유수프는 그 이름이면 사람들이 샘을 아랍 사람으로 착각할 거라고 생각했나? 어쨌든 샘은 이스라엘 이름이 아니라 히브리어 이름이었다. 유럽의 수용소에서 돌아가신 증조부의 이름이었다. 샘은 유수프를 보았다. 유수프는 남자만 바라보고 있었다.

"새미, 이쪽은 아부-아마드야."

유수프가 말했다.

"피 엔다쿰 구르파."

샘이 중얼거렸다. 맞나? 정확하게 발음했나?

아부-아마드가 샘을 보고 살짝 웃었다. 샘이 텐트 안을 둘러보는 사이, 베두인 남자가 벌떡 일어서더니 친구들에게 작별 인사를 하고 주차장으로 향했다. 소년들은 아무 말없이 따라갔다. 샘은 뒤처지지 않기 위해 온 힘을 다했다.

낡은 파란 차가 불빛 아래 주차되어 있었다. 웨스트뱅크의 초록색 번호판을 달고 있었다.

"내가 도와줄게."

아부-아마드는 자동차 뒷문을 열고 샘의 목발을 받아서 운전석 뒤에 세웠다. 깜짝 놀란 샘이 남자의 눈을 올려다보았다. 베두인 사람은 히브리어를 하고 있었다. 그때 주차장 건너편에서 부르는 목소리가 들렸다. 아부-아마드가 미소를 지으며 친구 쪽으로 걸어갔다. 두 남자가 서로 등을 두드리고 이야기를 나누며 웃었다.

"저 베두인 사람은 내가 이스라엘 사람인 것을 알아."

샘이 유수프의 귀에 나지막하게 씩씩거리며 말했다.

"네 말 때문에 그래."

유수프도 씩씩거리며 말했다.

"무슨 소리야? 루바가 네게 했던 말을 똑같이 따라 했는데. '안녕하세요.'라고."

"루바는 여행서로 아랍어를 공부했나 봐. 차에 타."

유수프가 옆으로 비켜섰다.

"그럼 루바가 뭐라고 말했는데? 내가 뭐라고 말했는데?"

샘이 뒷좌석으로 기어 올라갔다.

"방을 달라고 했어."

"아……. 어쨌든, 우리에게 방을 줄 거잖아. 조금 비슷했잖아."

"그래도 그렇게 말하는 것은 아니지. 너는 그냥 내가 하라는 대로 하고 여자애한테는 말을 걸지 마."

아주 쉬워 보였다. 지금 어디서 여자애를 만나겠는가?

샘은 전화기를 만지작거렸다. 아빠에게 전화를 해야 하나? 뭐라고 하지? 자신이 위험에 빠진 것 같지는 않았다. 이제 몇 시간만 기다렸다가 버스를 타고 동트기 전에 병원으로 돌아가면 된다. 아무도 모를 것이다. 이 악몽은 잊혀질 것이다. 적어도 이 악몽에 대해 이야기하는 일은 없을 것이다. 결코.

아부-아마드가 친구와 서로의 뺨에 두 번 입을 맞추고 손을 흔들며 작별 인사를 나누었다. 그러고는 소년들에게 달려왔다. 라디오에서는 아랍 음악이 흘러나왔다. 사막을 통과하는 동안 아무도 말을 하지 않았다.

13장

이름 없는 곳

두 언덕 사이에 자리 잡은 마을에는 이름이 없었다. 자동차가 골짜기로 내려가는 동안 헤드라이트가 기둥에 묶인 작은 당나귀, 오렌지색 쓰레기통, 벽에 붙은 빛바랜 선거 포스터를 비추었다. 억센 작은 관목과 줄기만 남은 캐럽과 무화과들이 음지에서 자라고 있었다. 이스라엘에서 나무는 귀했다. 하지만 이곳 나무들은 제대로 손질되지 않았다. 샘은 텔레비전이나 인터넷으로 웨스트뱅크와 가자 지구의 식물과 나무 사진을 보면서 아랍 사람들은 식물을 가꾸는 방법을 전혀 모르거나 관심이 없다고 생각했다. 그런데 이스라엘이 웨스트뱅크의 물을 모두 통제한다는 뉴스를 보았다. 아, 나무에게 줄 물이 부족한 거구나.

자동차는 마을로 들어갔다. 양철 지붕 집들이 벽토를 바른 벽에 에워싸여 있었다. 집들은 아주 작아서 마치 장난감 블록으로 만들어 놓은 것 같았다. 자동차는 집 주위에 뻗어 있는 울퉁불퉁한 골목에서 멈췄다.

"아내가 먹을 것을 준비해 줄 거야."

아부-아마드가 차에서 내리면서 말했다. 두 소년은 거절했다. 시간이 너무 늦었다. 남자의 아내는 자고 있을 것이다.

아부-아마드가 손을 들어 올렸다.

"우리의 전통을 따라 줘. 여행자들은 언제든 차와 음식을 대접받아야 해."

두 소년은 머뭇거리다가 이내 아부-아마드를 따라 가파른 계단을 올라갔다. 별빛이 길을 비추었다. 재스민과 레몬 향이 났다. 유수프의 뒤를 따라 샘이 난간을 붙잡고 울퉁불퉁한 콘크리트 계단을 껑충껑충 뛰어올랐다. 샘은 계단을 오르느라 얼굴이 빨개지고 숨이 가빠졌다. 유수프는 거의 앞이 보이지 않았다. 샘은 거의 걸을 수가 없었다.

셋은 담에 에워싸인 작은 현관으로 들어갔다.

"여기는 어디야?"

샘이 물었다.

"집에 다 왔어."

유수프가 나지막이 말했다.

여기가 집이라고? 샘은 생각했다. 텐트가 아니잖아.

"우리 집은 딸이 넷이란다. 그러니 너희는 여기서 자야겠다. 밤이라도 따뜻하고 편할 거야."

현관에 서 있던 아부-아마드가 작은 손전등을 켜고는 집 안으로 사라졌다.

샘이 깜짝 놀라 주위를 둘러보았다. 현관의 세 벽 아래에 세 개의 나지막한 벤치가 있었다. 벤치마다 빨간색과 금색이 섞인 카펫이 깔려 있고 빨간색과 검은색으로 수놓은 쿠션들이 장식되어 있었다. 벤치 아래에는 기다란 테이블이 있고 허브 항아리가 놓여 있었다. 놋쇠 테이블 주위에는 네 개의 가죽 오토만 의자가 있고 한쪽 구석에는 하얀색 휴대용 선풍기가 있었다.

"여기 정말 좋다."

샘이 말했다. 생각했던 것보다 목소리가 크게 나왔다.

아부-아마드가 여러 색깔의 소용돌이무늬가 있는 오렌지색의 기다란 옷을 입고 나타났다. 아부-아마드는 지니일지도 몰라. 샘은 생각했다. 지니는 전에 본 아랍 극에 나왔다. 천일 야화. 뭐, 그런 제목이었다. 이곳은 현실 세상 같지 않았다.

그때, 킥킥거리는 소리가 물결처럼 밀려왔다. 소년들은 소리가 나는 쪽을 돌아보았다.

"아, 내 딸들이 깨어 있더구나. 아이들이 궁금해서."

아부-아마드가 벤치 위쪽의 창문 커튼을 열었다. 손전등이 두 소녀를 비췄다. 샘이 입을 벌리고 바라보았다.

"소녀들에게 방을 달라고 하지 마."

유수프가 중얼거렸다. 샘이 고개를 끄덕였다.

한 아이는 열두 살 정도 되어 보였다. 다른 아이는 샘 또래 같았다. 소녀들의 눈은 초콜릿색이고 피부는 분홍색이었다. 불빛이 분홍색이라서 피부도 분홍색으로 보이는 것이었다. 소녀들의 머리를 덮은 스카프도 분홍색이었다.

유수프가 샘을 찔렀다.

"입 다물어."

샘이 입을 다물었다.

"내 딸 마리암과 마라야. 큰애는 언젠가 벤구리온 대학교에 들어갈 거야."

아부-아마드가 웃으며 히브리어로 말했다. 언니 마리암이 스카프의 장식술을 잡더니 얼굴 아래쪽을 가리고 얼굴을 붉혔다.

"차를 가져올게요, 아버지."

마리암이 어색한 히브리어로 조용히 말했다.

"마리암은 히브리어를 공부하고 있지."

아부-아마드가 자랑스러워 했다.

"여러분의 친절은 끝이 없는 것으로 알고 있지만 그래도 시간이 늦었잖아요."

유수프가 마치 책을 읽듯이 정중하게 거절했다.

아부-아마드가 고개를 흔들고 히브리어로 말했다.

"앉아. 우리 집에 오는 손님은 누구든지 알라신의 손님이지."

아부-아마드가 집 안으로 사라졌다.

샘은 다시 창문을 보았다. 소녀들은 보이지 않았다.

"알라신의 손님은 죽지 않는 거지?"

샘이 속삭였다.

"닥쳐."

유수프는 소리 내지 않고 입 모양으로만 말했다.

샘은 한 다리로 균형을 잡고 오토만 의자에 앉으려다 바닥에 떨어질 뻔했다. 유수프가 도우려고 손을 내밀었다. 샘은 커튼 쪽을 살피면서 유수프의 손을 쳐 냈다. 모두에게 약해 보이고 싶지 않았다. 커튼은 움직이지 않았다.

"아름다워."

샘이 속삭였다.

유수프가 두려운 듯이 샘을 바라보았다.

"훌륭한 이슬람 소녀들이야. 절대 말을 걸 생각도 하지 마."

"어째서? 너도 알리나와 말했잖아. 알리나는 훌륭한 유대인 소녀야."

샘이 발끈했다.

"너는 우리 관습을 몰라."

유수프가 고개를 흔들었다.

"소녀들의 아버지가 여기 있어. 어머니와 자매들도 여기 있어. 너도 여기 있고. 우리는 소녀들의 집에 있지. 난 목발을 짚고 있고. 그런데 내가 무슨 짓을 하겠어?"

"그러니까 네가 멍청한 거야. 우리 문화에서 소녀와 여자들은 보호받고 존중받아야 해."

"난 멍청하지 않아. 그리고 여자들은 스스로를 지킬 수 있어. 여자들은 군인도 되고 의사도 되고 교사도 되고 경찰도 되지. 남자와 똑같아."

"조용히 해. 우리를 초대해 준 아부-아마드가 기분 나빠할 거야."

유수프가 커튼을 바라보았다.

"좋아, 그러면 너도 알리나와 다시는 말하지 마."

샘이 팔짱을 꼈다.

유수프가 샘을 돌아보았다.

"네가 방금 그랬잖아. 여자들은 스스로를 지킬 수 있다고."

"닥쳐."

샘이 으르렁거리듯 말했다.

아부-아마드가 차가 담긴 얇은 유리잔, 커피가 담긴 작은 잔,

잣을 올린 둥근 빵 세 개를 들고 나타났다. 아부-아마드는 둥근 놋쇠 테이블에 쟁반을 내려놓고 커피 잔을 나눠 줬다.

유수프는 커피를 홀짝이며 마셨지만, 샘은 마치 견과를 입안에 털어 넣듯이 순식간에 마셔 버렸다.

커피 찌꺼기가 이에 끼고 목구멍에 걸렸다. 샘이 캑캑거렸다. 유수프가 눈동자를 굴렸지만 아부-아마드는 미소를 지으면서 샘에게 민트 차를 건넸다. 아주 잠깐 샘은 수질을 걱정했지만…….
어쨌든 민트 차를 마셨다.

모두 먹고 마시고 나자, 아부-아마드는 담요를 나눠 주고 밤 인사를 했다.

"동트기 전에 올게. 국경 경찰이 세우지만 않으면 버스는 30분 만에 예루살렘에 도착할 거야. 하지만 이곳에 공격이 있었기 때문에 보안이 철저할 거야."

아부-아마드가 램프를 껐다.

"알라께 이 밤을 맡기자. 평화 속에서 깨어나길."

소년들은 신발을 벗었다. 샘은 발을 내려다보고 싶지 않았다. 보호용 부츠의 벨크로가 끝까지 늘어나 있었다. 고약한 냄새가 났다. 샘은 부츠를 벗고 냄새가 나지 않는 쪽으로 고개를 돌렸다.

소년들은 소파에 누웠다. 나무 기둥에 포도 덩굴을 엮은 지붕 사이로 별들이 반짝였다. 유수프가 쭈글쭈글한 캐러멜 봉지를 꺼냈다.

"샘, 캐러멜이 두 개 남았어. 하나 줄까?"

"소녀들을 위해 테이블에 올려놓자."

"샘, 넌 다시는 소녀들을 보지 못할 거야."

"야, 혹시 알아? 소녀들의 아버지가 그랬잖아. 마리암이 벤구리온 대학교에 갈 거라고."

"좋아."

유수프는 마지막 남은 캐러멜 두 개를 놋쇠 테이블에 올려 두었다.

"샘, 난 알리나가 네 친구라는 것을 알아. 난 알리나를 창피하게 하는 일은 하지 않을 거야."

유수프가 말했다.

"응, 알아. 암에 걸렸든 아니든 알리나는 네가 무슨 짓을 하면 너를 웨스트뱅크 최초의 우주 비행사로 만들어 줄 거야."

샘이 휴대 전화를 꺼내 다시 켰다.

"무슨 짓을 한다고? 그게 무슨 뜻이야? 내가 왜 우주로 가?"

유수프가 물었다.

배터리가 한 칸 밖에 남아 있지 않았다.

"무슨 짓이 뭔지 알잖아. 아, 됐어."

샘이 문자메시지를 눌렀다.

"말해 봐. 병원을 나오고 싶었던 진짜 이유가 뭐야? 영웅이 되어 알리나에게 캐러멜을 사다 주기 위해서? 아니면 튜바–루바에게 열 받아서?"

유수프가 물었다.

샘이 휴대 전화를 움켜쥐고 일어나 앉았다.

"유수프, 문자가 43통이나 왔어."

14장
진실

알리나가 사진을 보냈다. 문 뒤에서 휴대 전화로 찍은 사진이었
다. 샘 엄마의 팔이 유수프 엄마의 어깨를 감싸고 있었다. 유수프
엄마는 두 손으로 눈을 가리고 있었다.

"마지막 문자를 봐."

유수프가 말했다. 유수프는 엄마가 우는 모습을 보고 심장이 쿵
쾅거렸다.

어디야? 너희 부모님이 계속 내 병실에 와서 네가 문자를 보냈는지 물

어봐. 경찰에 전화하진 않았어. 아직은. 네 아빠와 유수프 아빠가 내 병

실 밖 복도에서 소곤거리고 있어. 많이들 놀라셨어. 어디야?

"어딘지 말해, 빨리."

배터리는 거의 남아 있지 않았다.

"그냥 마을이잖아. 난 마을 이름을 몰라."

샘의 심장도 빠르게 뛰고 있었다. 죄송해요, 죄송해요, 죄송해요.

"해변, 해변 이름이 뭐지?"

샘은 필사적이었다.

"사해의 칼리아 해변."

유수프는 커지려는 목소리를 가까스로 눌렀다. 샘은 해변의 이름을 빠르게 입력했다. 그런데 '보내기' 버튼을 누르는 순간 휴대전화가 꺼졌다.

"갔을까?"

유수프가 샘의 어깨에 머리를 기댔다. 둘은 눈을 크게 뜨고 검은 화면을 내려다보았다.

"몰라. 안 갔을 것 같아."

"이제 어떡하지?"

"아부-아마드에게 전화를 빌려 달라고 할까?"

두 소년은 불이 꺼진 집 안을 흘깃 보았다. 베두인 가족의 휴식을 방해할 수는 없었다. 샘도 그것을 알았다.

"아부-아마드가 해변이 멀지 않다고 했어. 아마 저 언덕 너머에 있을 거야. 알리나가 문자를 받았으면 누군가 오겠지. 알리나가 문자를 받지 못했으면 동틀 녘에 첫 버스를 타자. 어쨌든 우리는 지금 가야 해."

유수프가 신발을 신었다. 단 1초도 기다릴 수가 없었다.

샘은 뒤로 기댔다. 다리에 감각이 없고 속이 메스꺼울 만큼 피곤했다. 샘은 신발로 손을 뻗다가 하마터면 무릎을 꿇을 뻔했다. 유수프가 말없이 몸을 숙이더니 샘의 발에 신발을 신겨 주었다. 그러고는 샘의 아픈 발 앞에 보호용 부츠를 놓았다. 하지만 발이 너무 부어서 벨크로도 붙일 수 없었다.

"자."

유수프가 손을 내밀어 샘을 일으켜 주었다.

소년들은 달빛이 비치는 길에 섰다. 골짜기에서 바라보는 언덕은 올림푸스 산처럼 거대했다. 사해까지는 잠깐 걸으면 된다. 하지만 오르막이었다! 샘은 발을 내려다보았다. 오른발이 안짱다리처럼 안쪽을 향하고 있었다. 발을 움직이기는커녕 느낄 수도 없었다. 목발에 스웨터 소매를 감았지만 겨드랑이는 쓰라리고 등은 쑤시고 이도 아팠다. 아부-아마드가 주위에서 공격이 있었다고 했지? 장갑차에 탄 군인들이 밤에 길에서 두 소년을 본다면 바로 쏘아 버릴 것이다. 샘은 뒤를 돌아보았다. 운이 좋으면 지프의 헤드라이트를 보거나 타이어의 진동을 느낄 수 있을 것이다.

목발을 짚고 언덕을 오르는 일은 거의 불가능했다. 샘은 한 걸음 한 걸음 간신히 뗐다. 언덕을 반쯤 오르다가 아스팔트에 얼굴을 처박으며 고꾸라질 뻔했다. 샘이 걸음을 멈췄다.

앞서 나가던 유수프가 돌아왔다.

"쉬자."

샘이 고개를 끄덕였다. 보름달이 어둡고 휑하고 황량한 풍경을 비추었다. 바위들이 가득했다.

샘은 커다란 바위를 향해 비틀비틀 걸었다. 바위에 목발을 기대어 놓고 땅에 털썩 주저앉았다. 폐가 화끈거렸다. 다리도 이상한 각도로 뻗쳤다.

유수프는 무릎을 가슴으로 끌어당기며 말했다.

"알리나에 대해 생각하고 있었어."

샘이 두 손으로 머리를 쓸었다. 믿을 수가 없었다.

"지금 알리나를 생각해?"

"지금은 안 돼? 알리나는 암에 걸렸어. 그래? 어떻게?"

유수프는 어떻게 질문해야 할지 어려웠다. 무엇을 물어야 할지도 몰랐다. 이슬람 소년들은 여자아이들에 대해 물어서는 안 되었다. 유대인 여자아이에 대해서는 결코.

"알리나는 테니스 선수였는데 갑자기 암 진단을 받았어. 너 알리나를 좋아하지. 맞지?"

유수프가 격렬하게 고개를 흔들었다.

"알리나는 네……."

유수프는 잠깐 말을 멈추고 미국의 텔레비전 쇼에서 소년들이 소녀들을 어떻게 불렀는지 떠올렸다.

"알리나는 네 걸이잖아."

"내 뭐라고? 너 얼마나 살려고 그래? 미국 텔레비전은 그만 봐. 네가 알리나를 그렇게 부르면 알리나가 네 머리를 접시에 올려서 건네줄걸."

"내 머리를……?"

"알리나는 내 걸프렌드가 아냐. 그냥 프렌드지."

"그러면 왜 알리나에게 캐러멜을 사다 주고 싶었던 거야? 보이 프렌드들이 그러잖아. 걸프렌드에게 캐러멜을 사다 주고. 아냐?"

유수프는 헷갈렸다.

"아마 100년 전에는 그랬겠지."

"지금은?"

"됐어! 난 알리나에게 뭔가 보여 주고 싶었어. 간호사, 의사, 부모님 모두 내게 이래라저래라 하는 것도 짜증 났고. 그래, 내 잘못이니까 나를 죽여라."

샘이 투덜거렸다.

"너를 죽여? 내가 그러고 싶을 거라고 생각해? 너를 죽이라고?"

유수프의 목소리가 높아졌다.

"진짜로 죽이라는 뜻이 아냐. 그냥 말이 그렇지."

샘이 투덜거렸다.

"아니, 모든 이스라엘 사람들은 그렇게 생각해. 모든 팔레스타인 사람들이 이스라엘 사람들을 죽이고 싶어 한다고."

"우리가 밖에 나와서 직접 겪었잖아."

"그런데도 넌 나더러 알리나와 말하지 말라고 했어."

"이제 넌 우리 둘을 죽이려고 하는구나."

터무니없는 대꾸였다.

"이해가 안 돼. 누가 누구를 죽여?"

유수프는 정말 헷갈렸다.

"누구도 누구를 죽이지 않아. 처음에 나는 알리나를 멋지다고 생각했을지도 몰라. 하지만 이제는 친구가 되었지. 어쨌든 알리나가 누구와 함께하고 싶은지를 결정하겠지."

"난 알리나와 결혼할 수 없어!"

유수프가 팔꿈치에 기댄 채로 몸을 뒤로 젖혔다.

"알리나와 결혼한다고? 누가 결혼 얘기했어?"

샘이 새된 목소리를 냈다.

유수프가 고개를 흔들었다. 유수프는 이해가 되지 않았다.

"여자아이들은 모두 결혼을 원해."

"유수프, 누가 너한테 그런 말을 했어? 여자아이와 이야기해 본 적은 있어?"

"내 누이들과 이야기하지."

"넌 너무 순진해. 우리가 병원으로 돌아가면, 만약 우리가 돌아가간다면 말이야, 알리나와 제대로 이야기를 나눠 봐. 멍청한 말은 하지 말고 결혼 이야기도 하지 말고."

"난 여자애와 어떻게 말해야 하는지 몰라."

소년과 소녀가 친구가 된다는 생각은 이상하고 서구적이었다.

"알리나가 여자애라는 사실은 잊어버려. 그냥 사람이라고 생각해."

"하지만 여자애는 사람이 아냐. 여자애는 여자애지."

유수프가 말했다.

"흥, 넌 이스라엘 사람들이 팔레스타인 사람들을 사람으로 생각하지 않는다고 말했잖아. 그러더니 이제는 여자애들은 사람이 아니라고 말하네."

샘이 우쭐거렸다.

유수프는 말없이 한동안 가만히 앉아 있었다.

"눈 아파?"

샘이 물었다.

"어느 눈? 아직 있는 눈, 아니면 사라진 눈?"

이제 유수프가 우쭐거릴 차례였다.

"사라졌어? 정말 사라졌어?"

샘이 유수프를 똑바로 바라보았다.

"그래. 보고 싶어?"

"그래!"

눈꺼풀이 아직 움직일까? 눈꺼풀이 위아래로 움직이면서 구멍이 나타날까? 눈 뒤에는 무엇이 있을까?

유수프는 안대를 손가락으로 튕겼다. 샘은 몸을 뒤로 젖히고 팔을 들어 올린 다음 숨을 삼켰다. 달빛이 눈을 비췄다.

"뭘 기대했어?"

유수프가 히죽거렸다.

"진짜야?"

샘은 가까이 다가가서 눈을 자세히 들여다보았다.

"진짜? 어떻게 진짜겠어? 실리콘으로 만든 가짜지."

"하지만 다른 눈이랑 똑같아 보이는데."

"내 눈과 어울리게 칠해 주었지. 내가 가짜 눈을 꺼낼 테니까 만져 볼래?"

"싫어!"

샘이 뒤로 물러났다.

"농담이야."

유수프가 샘의 다리를 세게 때렸다.

"너는……"

유수프가 잠깐 생각했다.

"너무 순진해."

"닥쳐."

샘이 소리쳤다.

"가짜 눈이 있는데 왜 안대를 하는 거야?"

"너 뭐야, 여섯 살이야? 감염이 될까 봐 안대로 먼지를 막아 주는 거잖아. 더 나빠질 수도 있거든. 우리 형이……."

유수프의 목소리가 작아지더니 속삭이는 소리를 냈다.

샘은 아직도 꺼림칙했다. 유수프가 정말 총알을 맞았다면 그 총알은 뇌에 박히지 않았을까?

"네 형이 뭘 했는데?"

그 순간 샘은 모든 것을 이해했다. 유수프는 총을 맞은 것이 아니었다. 그냥 폭파 현장에 있었다.

"너희 형이 폭탄을 만들었지, 그치? 폭탄이 터졌어? 그랬던 거야? 너희 형은 하마스지. 아냐? 아냐?"

샘은 유수프에게 얼굴을 들이밀었다. 샘은 진짜 바보였다. 샘은 유수프를 믿기 시작했을 뿐만 아니라 좋아하기 시작했다. 결코 팔레스타인 사람을 믿지 말라고 했는데.

유수프는 세찬 바람에 떠밀린 것처럼 뒤로 기댔다. 방금 무슨 일이 벌어졌지? 왜 샘이 나에게 달려들었지?

"우리 형 나세르는 누구도 죽이지 않았어. 어떻게 형이 하마스가 되겠어? 하마스는 전문가들이야. 그들은 아무것도 모르는 소년들을 원하지 않아. 너는 우리 모두가 테러리스트라고 생각하지. 난 학교에 다녀. 너처럼 말이야. 난 축구를 해. 너처럼 말이야. 난 친구가 있어. 너처럼 말이야. 난 대학에 가고 싶어. 너처럼 말이야."

유수프는 이스라엘의 병원에 오고 나서부터 목구멍에 걸려 있던 말들을 쏟아 냈다. 무엇도 그 말들을 막을 수는 없었다. 유수프는 말하고 싶었다. 뒤엉킨 수백 가지의 생각들, 분노들.

"너희는 우리를 너무 멀리 밀어내. 국경 수비대가 우리 민족을 어떻게 대하는지 알아? 여자 군인들은 할아버지에게 '옷 안에 뭐가 있지?'라고 묻고 마구 웃어 대지. 우리에게 굴욕을 주는 것이 너희를 지키는 거야?"

유수프의 목소리는 넌더리를 내며 높아졌다.

"그 군인들은 너희를 돕기 위해서가 아니라 우리를 지키기 위해서 있는 거야."

샘이 식식거리며 말했다.

"너희 검문소는 있으나마나야. 많은 팔레스타인 사람들이 일자리를 찾아 너희 도시로 숨어들지. 그들은 사막을 건너. 자살 폭탄 테러범들은 그러지 못할 거라고 생각해?"

조금 전만 해도 유수프는 행복했는데, 지금 이 기분은 뭐지?

"너희는 자살 폭탄 테러범을 편들잖아. 무고한 사람들을 죽인 사람들을 편들잖아."

샘이 소리를 질렀다.

"나는 자살 폭탄 테러범들을 편드는 게 아냐. 설명을 하는 거야. 넌 듣고 있지만 정말 듣지는 않아. 네가 집에서 쫓겨나서 결코 돌아가지 못하게 되었다면, 네가 벽에 갇혀 있다면, 우물들이 파괴되었다면, 탱크들이 거리를 질주한다면, 너희는 민족이 아니라는 말을 듣는다면 어떻게 할 거야?"

샘이 어떻게 모를 수가 있지? 샘은 알아야 한다. 샘은 그저 관심이 없었을 뿐이다.

샘이 뒤로 기댔다. 이게 다 무슨 말이지?

"우리는 뭐 검문소를 만들고 싶은 줄 알아? 우리 스스로를 지키려면, 너희 민족이 우리를 폭탄으로 날려 버리지 못하게 하려면 검문소가 필요한 거야. 너희 민족이 그렇게 선하고 친절한 줄 알아? 이사위야의 그 친절한 여자가 우리 민족에 대해 뭐라고 했는지 알아? 우리가 피를 얻기 위해 아랍 아이들을 죽인다고 했어. 너는 이해가 돼?"

샘은 유수프에게 자신의 얼굴을 들이밀었다.

"그러면 너희 민족은 우리에 대해 어떻게 얘기해? 세상에 대고 우리를 모두 테러리스트라고 말하잖아."

유수프가 소리쳤다.

"너희는 모두 테러리스트야."

샘이 소리쳤다.

"우리의 반격으로 너희 민족이 죽으면 우리는 비정한 살인범들이 되지. 하지만 너희 군인이 하늘에서 떨어뜨린 폭탄에 우리가 죽으면 그들은 영웅이 돼."

유수프가 소리쳤다.

"너희 민족, 너희 군인. 넌 한심한 노인처럼 말하는구나. 우리 민족은 아이들에게 탱크에 돌을 던지라고 시키지 않아. 너희의 영웅 하마스나 그러지. 하마스는 아이들을 전사로 쓰잖아."

샘의 말이 분노의 파도처럼 넘실댔다.

"어느 나라에서든 억압받는 사람들은 자유를 위해 싸워. 모든 사람들이 싸운다고. 아이들, 노인들, 학생들, 모두가. 너희는 안전하게 살 곳을 원한다면서 이곳을 모두에게 위험한 곳으로 만들고 있어. 우리를 우리 땅에서 쫓아내면 너희는 안전할 것 같아? 모든 아랍 국가들이 너희를 포위하면 어쩔 거야?"

유수프가 소리쳤다.

"이미 모든 아랍 국가들이 우리를 포위하고 있어. 이스라엘이 사라지면, 결코 존재하지 않았던 것처럼 사라지면 너희의 모든 문제가 해결될 것 같아?"

샘의 목소리가 사나운 바람처럼 높아졌다.

"하마스가 권력을 잡으면 소녀들은 학교에 다니지 못할 거야. 부르카(머리에서 발목까지 덮어쓰는 이슬람 여성들의 전통 옷—옮긴이)도 써야 하고. 말을 듣지 않았다가는 거리에서 돌을 맞겠지."

유수프가 주먹을 쥐었다.

"네가 미래를 알아? 이제는 네가 한심한 노인처럼 말하는구나. 그런 소리를 듣는 것도 지겨워. 세상은 변했어. 곧 모두가 인터넷과 휴대 전화를 사용할 거야. 트위터와 페이스북도 알게 될 거야. 우리는 세상의 일부가 될 거야. 우리는 진보할 거야. 아무도 우리를 멈출 수 없어. 너희도 어쩔 수 없어. 너희는 여기 사람이 아냐."

유수프가 몸을 숙이고 공격할 준비를 했다.

"우리는 시간이 시작될 때부터 여기 있었어. 우리는 우리 것을 찾으러 돌아왔지. 정복하러 온 것이 아냐. 우리는 평화롭게 왔어. 그런데 너희가 전쟁을 시작했지. 1948년, 1967년, 1973년에. 모두 아랍 사람들이 시작한 거야. 그게 평화적인 거야?"

샘의 목소리가 갈라졌다.

"내가 우리 역사를 모를 것 같아? 1967년에 이스라엘이 겁을 먹고 이집트를 먼저 공격했어. 겁을 먹고, 겁을 먹고, 겁을 먹고!"

"우리는 누구도 무서워하지 않아!"

샘이 고함을 쳤다.

"너희는 1세기 동안 우리 땅을 빼앗았어. 심지어 지금도 웨스트 뱅크의 정착촌들은 점점 커지고 있지. 우리 땅인데 말이야."

샘이 유수프를 세게 밀쳤다.

"너희가 우리를 죽이려고 하지 않으면 우리도 너희 땅을 빼앗지 않아."

유수프가 샘을 밀쳤다.

"인정해! 너희는 이웃이 되려는 마음 따위는 없이 우리 땅에 왔잖아. 너희는 우리말도 모르잖아. 왜? 우리와 얘기하고 싶지 않으니까. 우리에 대해 알고 싶지 않으니까. 너희는 스스로 용감하다고 착각하지. 너희는 용감하지 않아. 너희는 겁쟁이야."

샘이 유수프를 세게 밀쳤다. 유수프는 모래 위로 넘어졌다가 몸을 일으켜 샘에게 달려들었다.

"우리 군대를 봐. 이스라엘은 6일 전쟁에서 요르단, 이집트, 시리아에게 공격당했지만 승리했어. 우리는 그들 모두를 물리쳤어."

샘은 유수프를 세차게 밀어내며 소리쳤다.

"너희는 전쟁에서 이겼지만 평화를 얻지는 못 했어. 너희는 '우리가 건설한 아름다운 나라를 봐. 우리에게는 예쁜 가게와 멋진 건물들이 있어. 우리에게는 민주주의가 있어. 우리에게는 권리가 있어.'라고 말하면서 우리 권리를 빼앗았지."

유수프의 주먹이 샘의 뺨에 닿았다.

"우리가 그렇게 싫으면 이스라엘 병원에는 왜 가려는 거야?"

샘이 다시 유수프를 밀어냈다. 샘의 코에서 코피가 쏟아졌다. 샘이 소매로 코피를 훔쳤다. 두 소년은 손과 무릎을 짚은 채로 엎드려서 숨을 헐떡이며 싸울 준비를 했다. 이게 무슨 일이지? 왜 우리가 소리를 지르는 거지? 하지만 멈출 수가 없었다. 소리를 지르는 것이 기분 좋았다. 통쾌했다.

"알라신의 이름으로 맹세하건대, 우리 아빠는 한때 우리 민족의 영웅이었어. 하지만 이제 아빠는 협력자라고 불리지. 우리 아빠는 이제 직업이 없고 내 누이들은 따돌림을 당해. 엄마는 집 밖으로 나가고 싶어 하지 않아. 모두 내가 이스라엘 병원에 입원해서야. 팔레스타인 사람으로 사는 것이 간단한 일인 줄 알아? 우리가 삶을 사랑하느냐고? 우리가 가진 모든 것을 걸고 싸우는 게 안 보여? 우리는 너무너무 지쳤지만 아직도 필사적으로 싸우고, 싸우고, 또, 또, 싸워."

유수프가 말을 더듬었다.

"너희는 거짓말쟁이야. 너희 학교에선 홀로코스트가 결코 없었다고 거짓을 가르치지. 너희가 말한 것을 읽었어. 우리가 홀로코스트를 조작했다며? 600만 명이 아니라 5만 명이 죽었다며? 넌 어느 쪽이야? 홀로코스트는 있었어, 없었어?"

샘이 다그쳤다.

"홀로코스트가 우리와 무슨 상관이야? 우리는 너희를 게토에 가두지 않았어. 우리는 너희를 오븐에 밀어 넣지도 않았고. 왜 우리가 독일의 범죄에 대해 대가를 치러야 하지?"

유수프가 소리쳤다.

"홀로코스트는 없었다면서 오븐에 대해서는 어떻게 알지?"

샘이 눈을 크게 뜨더니 쪼그리고 앉았다. 샘은 화나기보다는 깜짝 놀랐다.

"홀로코스트는 있었어. 인터넷에서 읽었어."

유수프도 앉았다.

"그러면, 그러면 왜 너희는 홀로코스트가 없었다고 말해?"

샘이 말을 더듬었다.

"어떤 사람은 너희가 홀로코스트를 조작했다고 믿어. 하지만 대부분은 이스라엘 사람들이 열 받는 것을 아니까 홀로코스트는 없었다고 말하는 거야."

유수프가 외쳤다.

샘은 깊고 느리게 숨을 쉬었다.

"효과가 있네."

유수프도 숨이 가빴다.

"유대인들이 살해당한 것을 알아. 유대인들이 게토에 갇혔다는 것도 알고. 하지만 이제는 너희가 우리 주위에 벽을 세웠어."

"난 아무것도 세우지 않았어. 하지만 그건 벽이 아니라 우리의 안전을 지켜 주는 보안 장벽이야. 우리를 나치와 비교하지 마."

샘은 더 이상 말하기도 힘들었다.

"3층 높이의 콘크리트가 어떻게 벽이 아니야? 자유, 민주주의는 오직 너희만을 위한 거야. 너희는 너희 법을 깨뜨리지. 너희는 우리의 과거를 훔쳤어. 나는 너희가 우리 땅에서 가져간 올리브 나무들이 어떻게 되었는지를 봤어. 그건 여러 세대 동안 우리를 먹여 살린 나무였어. 너희는 그 나무로 거리 장식이나 하지. 이 땅은 우리 땅이야. 이스라엘은 우리 땅이야."

유수프가 일어서더니 다시 분노했다.

"너희 땅이 아냐. 너희는 땅을 잃었어."

샘이 힘겹게 일어나 불안하게 섰다.

"땅은 모자가 아냐. 셔츠가 아냐. 잃을 수도 없고 발견할 수도 없어. 그냥 여기에 있는 거야. 너희는 우리 땅에 너희 나라를 세운 거야."

유수프가 모래를 집더니 샘의 얼굴에 뿌렸다. 당황한 샘이 눈을 번득이고 손을 흔들며 소리를 질렀다.

"세상에는 195개의 나라가 있어. 기독교 국가, 이슬람 국가, 세속 국가, 그리고 하나의 유대인 국가. 단 하나! 우리는 나라를 가질 권리가 있어. 닥쳐!"

샘은 유수프의 가슴을 두 손으로 밀었다. 유수프는 비틀거리다가 샘에게 달려들어 셔츠를 잡았다. 샘이 몸을 돌렸다. 샘의 주먹이 유수프의 어깨를 쳤다.

"너는 뭔가를 숨기고 있어. 너는 폭파 현장에 있었잖아. 폭탄을 만들었잖아."

샘이 소리를 질렀다.

"내가 폭탄을 만들었으면 이스라엘 병원이 받아 줬겠어? 난 폭파 현장에 있지 않았어. 우리 형이 이스라엘 군인 차에 돌을 던지려고 해서 말렸을 뿐이야. 그러다 감자를 머리에 맞았어."

샘이 멈칫했다. 샘은 피부병을 앓는 아나 바이스 부인의 지저분한 개처럼 고개를 갸웃했다.

"뭘 맞았다고?"

샘의 목소리가 몇 옥타브 올라갔다.

"다시 말해야 해? 머리에 감자를 맞았다고. 감자가 자동차의 꼬리 파이프에서 총알처럼 튀어나왔거든."

감자? 꼬리 파이프? 샘이 뒤로 비틀거렸다.

"어떻게?"

"친구들이랑 꼬리 파이프에 감자를 넣었는데……."

유수프의 목소리가 점점 작아졌다.

샘은 어둠 속을, 달빛을 비추는 회색 사막 위의 하늘을 올려다보았다. 배 속에서 시작된 폭발, 배 속에서 끓어오르던 거품은 이내 폭우 같은 웃음으로 터져 나왔다. 숨이 넘어갈 듯한 웃음이었다. 샘은 땅으로 털썩 떨어졌다. 배를 두 팔로 감싸고 데굴데굴 굴렀다.

"감자?"

샘은 제대로 숨을 쉴 수가 없었다.

"다 웃었어?"

유수프가 팔짱을 꼈다.

"아니."

샘은 다시 미친 듯이 웃기 시작했다.

15장
살인은 살인이야

두 소년은 다시 걸었다. 내내 오르막이었다. 이제 사해는 손에 잡힐 듯이 가까워 보였다.

"방금 생각했어."

샘이 숨을 씩씩거리며 말했다.

"생각……하지 마……. 그냥…… 걸어."

유수프는 말도 제대로 하지 못했다.

"감자에는 눈이 있고…… 감자가 네 눈을 가져갔어……."

샘이 숨을 깊이 들이쉬고는 마저 말했다.

"정말 재미있어. 그치?"

"아주 재미있네."

"넌 미스터 포테이토 헤드가 될 뻔했어!"

"그게 뭐야?"

"장난감."

"닥쳐."

"지금부터 감자를 먹을 때마다 너를 생각할 거야. 랏키(유대인의 감자 팬케이크-옮긴이), 으깬 감자, 속을 채운 감자, 크니시(감자, 쇠고기 등에 밀가루를 입혀 튀긴 유대 요리-옮긴이), 구운 감자, 감자 칩!"

"감자나 먹고 뚱뚱해져라."

"너희 팔레인스타인 사람들은…… 반어법의…… 재미를 몰라. 잠깐만!"

샘이 걸음을 멈추더니 어깨를 펴고 숨을 들이쉬며 기다렸다. 이런, 희미한 진동이 느껴졌다.

유수프도 그 소리를 알아차렸다.

"순찰차야! 숨자!"

유수프가 샘의 등을 밀었다. 샘은 엄청난 힘을 내어 앞의 도랑으로 굴러 들어갔다. 유수프는 샘 너머로 뛰어내려 땅에 바싹 붙었다.

도랑은 너무 얕아서 완벽하게 숨을 수가 없었다.

"유수프, 내 목발."

샘이 속삭였다. 목발은 신호등처럼 길에 서 있었다. 언덕 너머에서 들리던 우르릉 소리가 점점 가까워졌다.

유수프가 샘을 넘어가 목발을 집더니 도랑으로 던졌다. 그리고는 바위로 기어 올라가 게처럼 납작 누웠다.

아무도 움직이지 않았다. 지프가 요란하게 지나갔다.

"저들은 1분 안에 돌아올 거야."

유수프가 속삭였다. 샘이 먼지 속에서 고개를 끄덕였다. 순찰차는 이 길을 따라 사해로 갔다가 다시 돌아올 것이다.

"어떻게 이 길에도 순찰차가 있지?"

"아부–아마드가 주위에 공격이 있었다고 했잖아."

둘은 나란히 누워서 기다렸다. 마침내 지프의 꼬리등이 언덕 너머로 사라졌다.

샘이 천천히 일어나 앉았다. 유수프도 일어나 먼지를 털었다.

"곧 로봇들이 국경을 순찰할 거야."

"어떻게 알아?"

샘은 그 답을 알면서도 물었다.

"인터넷에서 봤어."

유수프가 말했다.

샘이 고개를 끄덕였다.

길을 바라보던 샘은 언덕을 올라오는 불빛을 보았다.

"내려가. 순찰차가 다시 오고 있어."

우르릉 소리가 점점 크게 다가오더니, 소년들 옆에서 멈췄다. 지프가 조금이라도 길에서 벗어나면 둘은 바퀴에 깔릴 것이다.

"뭔가 본 것 같은데."

젊은 남자 군인이 중얼거렸다. 불빛이 유리 조각처럼 날카롭게 군인들 머리 위에서 반짝였다.

"언제부터 담배를 피웠어? 담배 꺼."

두 번째 목소리는 좀 더 나지막하고, 좀 더 나이 들었다.

"상관으로서의 명령입니까, 지휘관님?"

첫 번째 목소리는 가볍고 쾌활했다.

"부탁이지. 고글을 내게 넘기고 저쪽 능선에 불을 비춰 봐."

소년들은 꼼짝하지 않고 지프 바퀴 옆에 누워 있었다.

"왜 안식일을 예루살렘에서 보내지? 아무것도 없잖아. 텔아비브로 가자. 디젠고프 거리에 멋진 클럽이 있어."

좀 더 나이 들어 보이는 점잖은 목소리가 말했다.

"그 거리는 죽었잖아요."

첫 번째 젊은 목소리가 말했다.

"낡은 것이 새로운 거지…… 아무것도 보이지 않는군. 언덕들을 비춰 봐."

"여동생을 소개시켜 주면 가죠."

젊은 군인이 대답했다.

"내 여동생이 너를 산 채로 먹어 치울걸. 어, 저기."

상관이 말했다.

"뭔가 보여요."

잠깐 침묵이 흘렀다. 다시 젊은 군인이 입을 열었다.

"염소네요. 꼬치구이 먹고 싶어요?"

상관이 웃었다. 그때 휴대 전화가 울렸다.

"말해."

상관이 전화기에 대고 소리를 질렀다. 알아듣기 힘든 말 몇 마디가 오가더니 상관이 말했다.

"여기서 나가자. 그것 좀 치워. 우리 아버지도 폐암으로 돌아가셨어. 아버지는 마지막 숨을 몰아쉴 때까지 담배가 폐암의 원인이라는 말은 못 들은 체하셨어."

샘은 고개를 숙였다. 유수프는 반짝이는 담배꽁초가 허공으로 날아오는 것을 보았다. 담배꽁초가 아슬아슬하게 샘의 머리에 떨어졌다. 몇 초가 지나도록 아무도 움직이지 않았다. 둘은 죽은 듯이 꼼짝 않고 엎드려 있었다. 얼마 뒤, 엔진 소리가 나더니 지프가 떠났다.

유수프가 샘의 머리를 쳤다.

"악, 머리카락 타는 냄새."

유수프가 냄새를 맡으며 말했다. 공포에는 절대 익숙해지지 않았다.

샘은 몸을 굴려 일어나더니 머리를 비볐다. 하마터면 몸에 불이 붙을 뻔했다. 그다음은 뭐지? 전염병인가?

어둠 속에서 뭔가가 움직였다. 그림자 같았다.

"뱀이다!"

샘이 비명을 질렀다.

"뱀이라고?"

유수프가 소리쳤다.

"뱀이야!"

샘이 유수프를 잡아당겼다. 헤라클레스 같은 힘에 유수프는 샘의 어깨 너머로 날아갔다. 쿵, 자루 떨어지는 소리가 났다. 유수프는 길에 떨어졌다.

"달려!"

샘이 목이 터지도록 소리를 질렀다.

달리라고? 거의 보이지 않았지만, 유수프는 아스팔트를 건너 바위 위로 올라갔다. 유수프는 먼지투성이 얼굴을 들어 눈을 깜빡이며 샘 쪽을 바라보았다. 주머니를 뒤졌다. 금방이라도 울음이 터질 것만 같았다. 어디에 있지? 어디에 있지? 찾았다! 유수프는 못생긴 안경을 꼈다. 머리는 넙적하고 몸통은 두꺼운 뱀이 몸을 쳐든 채 달빛에 희미하게 빛나고 있었다. 뱀은 점점 커지더니 샘 위로 솟아올랐다. 뱀은 달빛 아래서 갈라진 혓바닥을 미친 듯이 날름거렸다.

샘은 목발을 들어 미친 듯이 휘둘렀다. 목발이 뱀에 부딪히더니 손에서 빠져나와 어둠 속으로 조용히 날아올랐다. 뱀은 녹아내리 듯이 땅으로 떨어지더니 스르륵 사라졌다.

"달려! 달려!"

샘은 소리치며 한쪽 다리로 일어서려고 했다. 하지만 두 다리가 한데 엉켜 있었다.

"잠깐만."

유수프가 급하게 길을 건너갔다. 샘의 뒤에서 허리에 팔을 감더 니 질질 끌고서 길을 건넜다. 두 아이는 길 반대편에 쓰러졌다.

"뭐였어?"

샘의 얼굴에서 땀이 비 오듯이 쏟아졌다.

"페르시안…… 뿔…… 뱀……."

유수프가 몸을 뒤집어 똑바로 누웠다.

"독이 있어?"

"응."

유수프가 손가락으로 머리를 쓸었다. 토할 것 같았다.

샘이 몸서리를 쳤다. 어떤 사람은 거미나 쥐를 무서워하지만 샘 은 뱀을 싫어했다. 모든 뱀들을.

"그 뱀은 사람을 쫓아와?"

"아니, 우리가 녀석의 둥지를 건드렸나 봐. 녀석은 사람을 피해

다니거든."

"오늘은 잘 피해 다니지 못했네."

"여기서 얼른 나가자. 일어설 수 있어?"

유수프가 물었다.

샘은 남아 있는 목발로 땅을 짚고 일어서려 했다.

"안 되겠어."

유수프가 손을 내밀었다.

"네 허리띠를 줘 봐."

샘은 잠깐 놀라더니 바지에서 허리띠를 뺐다.

유수프는 허리띠로 둘의 허벅지를 묶었다. 다음에는 자신의 허
리띠를 풀어 무릎 아래쪽을 묶었다.

"아파?"

유수프가 물었다. 샘의 다리가 부은 것이 느껴졌다.

샘이 고개를 흔들었다. 샘의 다리는 이미 오래전에 감각이 사라
졌다.

둘은 엉덩이를 대고 서로를 팔로 감쌌다. 하지만 한 걸음을 떼
고는 바로 비틀거렸다.

"다시 해 보자."

샘이 가쁘게 숨을 몰아쉬었다. 이렇게 다리를 묶은 것이 도움이
되어야 했다. 뱀은 수줍음이 많은 동물이라서 다시 공격하지 않을

것이다. 하지만 이 근처에서 어슬렁거리면서 뱀이 정말 수줍음이 많은지 확인하고 싶지는 않았다.

　다리를 묶은 것은 별로 소용이 없었다. 둘은 조금 비틀거리다가 몸을 펴고 다시 걸음을 뗐다. 하지만 바닥에 넘어졌다. 샘은 도로에 손바닥을 긁혔다.

　"잠깐."

　유수프가 신발 끈을 풀더니 둘의 허리띠 고리를 묶었다. 이제는 둘의 허리도 붙었다.

　"숫자를 세자."

　유수프가 말했다.

　"하나, 둘, 셋. 좋아, 가자."

　둘은 어깨동무를 하고 한 걸음, 두 걸음 걸었다. 둘의 심장이 나란히 뛰었다. 땀이 눈으로 들어갔지만 계속해서 언덕 위로 걸었다.

　"얼굴에 그건 뭐야?"

　샘이 숨을 헐떡이며 물었다.

　"삼촌의…… 안경이야."

　유수프가 깊게 숨을 들이쉬었다. 유수프가 샘의 몸을 거의 받치고 있었다.

　"창문…… 같아. 널 세 눈이라고 불러야겠네."

샘이 숨을 삼켰다.

"무슨…… 소리야?"

언덕을 내려가는 것도 올라가는 것만큼 힘들었다.

"안경을 쓰는…… 사람을 네 눈이라고…… 하거든."

샘이 숨이 막히는지 공기를 들이켰다.

"왜?"

"글쎄……."

샘은 숨 쉬기가 힘들어서 설명할 수가 없었다.

"네 형은…… 어떻게 됐어?"

"집에 있어……. 높은…… 실업률 때문에. 부모님은 형을……
학교에 보내려고 하지."

둘은 멈춰서 숨을 들이쉬었다. 오른쪽으로 어둠에 덮인 쿰란이
보였다. 쿰란은 지금까지 남아 있는 가장 오래된 히브리어 성서인
사해문서가 우연히 발견된 곳이었다. 앞에는 지구에서 가장 고도
가 낮은 사해가 있었다.

"가자. 얼마 멀지 않았어."

유수프가 말했다.

샘은 다시 힘을 모았다. 그러다 문득 한 가지 의문이 샘의 발을
붙잡았다.

"너는 자살 폭탄 테러가…… 옳다고 생각해?"

샘의 심장이 심하게 두근거렸다. 유수프가 차에 치일 뻔했던 순간만큼, 빨간 머리가 샘을 차에 밀어붙였던 순간만큼, 뱀에게 물릴 뻔했던 순간만큼. 샘의 귀에는 하나의 단어만 메아리쳤다. 제발, 제발, 제발.

"살인은 살인이야."

유수프가 말했다.

샘이 고개를 끄덕였다. 그렇게 간단했다.

둘은 다시 계속해서 걸었다.

16장
칼리아 해변

마침내 샘과 유수프는 해변에 섰다. 유수프는 신발 끈과 허리띠를 풀었다. 그리고 모래가 부드러워지도록 발끝으로 모래를 골랐다. 하지만 바닥이 부드럽든 딱딱하든 상관없었다. 두 소년은 금세 깃털 침대에 눕듯이 모래로 파고들었다.

샘은 유수프를 보았다. 달이 져서 캄캄했지만 유수프의 옆모습이 보였다. 샘은 생각했다. 유수프가 팔레스타인 아이가 아니었면 둘은 친구가 되었을 것이라고. 진짜 친구, 서로를 지켜 주는 친구, 두 다리가 있든 없든 상관하지 않는 친구.

"눈 아파?"

샘이 물었다.

"괜찮아."

유수프가 대답했다. 아프다고 해도 아무 소용이 없으니까.

샘은 왼발 신발과 오른발 보호용 부츠를 벗었다. 시큼한 냄새가 퍼졌다. 속이 메슥거렸다.

"도와줘?"

유수프가 물었다.

"아니."

샘이 중얼거리고는 모래 위로 드러누웠다.

둘은 한참 동안 나란히 누워 있었다. 바람이 파도를 일으키지도 않았고 물고기가 찰방대지도 않았고 새들이 새벽을 알리지도 않았다. 소년들 뒤로는 고요한 모래 더미, 말 없는 사막, 끝없는 모래 언덕과 바위 언덕이 펼쳐졌다. 샘은 에스터 이모할머니의 말이 떠올랐다.

"잊지 마라, 새뮤얼. 이 땅은 시간이 시작될 때부터 우리 땅이었고 시간이 끝날 때까지 우리 땅이야."

샘은 이 땅의 사람이었다. 여기가 아니라면 어디겠는가? 이스라엘이 없다면 누가 자신을 받아 줄까? 예전에 세상은 유대인에게 등을 돌렸다. 다시 그런 일이 벌어질 수도 있었다. 갑자기 눈물이 났다. 샘은 침을 삼켰다. 이곳은 자신의 땅이기도 했다.

"내가 틀렸어."

유수프의 말이 어둠 속에서 샘을 향해 둥둥 떠왔다.

"뭐가?"

샘이 물었다.

"너는 겁쟁이가 아냐."

유수프가 담담하게 말했다.

"너를 병원에서 데리고 나오면 안 되는 거였는데."

샘의 눈이 침침해졌다. 피곤했다. 너무 피곤해서 뼈가 고무처럼 녹아내리는 것 같았다.

"내가 싫었으면 안 따라 나왔겠지."

유수프가 단호하게 말했다.

"병원에서 네 아빠를 봤어. 너희 아빠의 눈빛은 전사 같았어. 우리 아버지나 할아버지처럼. 우리 할아버지는 홀로코스트에서 홀로 살아남았어. 그리고 열네 살에 이스라엘로 왔어. 할아버지는 일하고 저축하고 결혼을 했어. 아빠가 열다섯 살 때 고모가 태어났어."

샘이 말을 멈췄다. 샘은 고모의 죽음에 대해 이야기한 적이 없었다. 사람들, 특히 학교의 상담 선생님들이 고모의 죽음에 대해 묻곤 했다. 하지만 한 번도 말하지 않았다.

"우리 아빠는 누구보다 고모를 사랑하셨어. 고모는 의대 합격을 축하하기 위해 밖으로 나갔어. 난 여덟 살이었지만 기억해. 고모는 친구와 클럽에 들어가기 위해 줄을 섰어. 그러다 고모 친구가 잠깐 화장실에 갔을 때 일이 터진 거야. 많은 사람들이 폭탄 공격으로 죽었어. 인터넷에서 검색해 봤거든. 난 그 사람에 대해 생각해. 자살 폭탄 테러범 말이야. 테러범이 고모를 봤을까? 난 고모에 대해 생각해. 그리고 폭발로 죽는 것이 어떨지도 상상하지. 때로 폭발이 있고 나서 자카가 오토바이를 타고 거리를 지나가는 모습을 보지. 자카는 참사가 벌어진 뒤에 생존자들을 구조하고 청소를 하는 자원봉사자들이야. 그들은 조각난 시신을 수습해. 피를 닦기 위해 기둥에도 올라가지. 고모 친구가 폭발 직후에 우리 집에 전화했어. 나는 전화기와 멀찍이 있었는데도 비명 소리를 또렷하게 들었어. 아빠는 바닥에 쓰러졌어. 난 아빠가 심장 발작을 일으킨 줄 알았어. 아빠는 그때 군인이었어."

샘이 하늘을 올려다보았다. 해가 뜨기까지 두 시간도 남지 않았다. 하늘은 자신의 다리를 수놓은 멍처럼 자줏빛이었다.

"너희 아빠는 선생님, 아니 교수님이라며."

"지금은 대학에서 학생들을 가르치고 있지만 전에는……."

샘이 숨을 들이쉬었다.

"이스라엘 방위군의 준장이었어. 작년에 퇴임했지."

유수프는 잠깐 동안 아무 말도 하지 않았다. 샘은 기다렸다.

"그러면 너희 아빠가 우리에게 폭탄을 떨어뜨렸겠군."

"아마도."

"내가 병원에 돌아갈 수 있다고 자신 있게 말한 것도 그래서구

나. 네가 전화하면 아빠가 해결해 줄 테니까."

"그래. 내게 화낼 거야?"

유수프가 고개를 저었다.

"너희 아빠도 대학에 다녔다고 했지. 어디에서?"

샘이 물었다.

"영국 옥스퍼드에서. 그리고 미국에서 일했어. 조지아 주 클락슨의 맥도날드 매장에서. 그런데 여기에서 체포되어 2년 동안 이스라엘 감옥에 있었어."

1분쯤 지나 샘이 말했다.

"왜 체포됐어?"

하늘이 점점 어두워졌다.

"시위를 했어. 그래서 행정구금이라는 것을 당했지. 이스라엘 사람들은 아빠를 수상한 사람이라고 불렀어. 재판도 받지 못했을 거야. 어느 날, 아빠가 돌아왔어. 콜 와하드 와나시부."

"너 전에도 그 말을 했잖아. 무슨 뜻이야?"

샘이 묻다가 갑자기 소리쳤다.

"저기 봐!"

멍하던 정신이 갑자기 말똥말똥해졌다. 한 줄기 빛이 하늘을 가로질렀다. 유성인가? 별똥별? 우주 쓰레기? 우주 정거장? 샘은 뭐가 더 있는지 하늘을 훑어보았다. 아무것도 없었다.

유수프는 밤하늘을 올려다보았지만 아무것도 보이지 않았다. 샘이 무엇에 흥분했는지 궁금했다. 둘은 다시 조용히 앉아 있었다.

"유수프, 평행 우주가 있다고 생각해? 모든 것이 거꾸로 흘러가는 세상 말이야. 거기엔 또 다른 너와 또 다른 내가 있어. 나는 이슬람교도이고 너는 유대인이지. 잠깐, 모든 것이 거꾸로라면 어떻게 되는 거지? 10억의 유대인이 500만의 아랍인을 포위하겠지?"

샘은 잠깐 말을 멈췄다. 그러다 문득 생각났다.

"10억의 유대인이 작은 땅에서 살아가는 500만의 아랍인에게 관심을 가질까? 분명 유대인이 몇몇 아랍인을 날려 버리기 위해 몸에 폭탄을 달고 다니지는 않을 거야. 유수프? 듣고 있어?"

샘이 귀를 기울였다. 유수프는 잠이 들었다.

샘도 미소를 지으며 눈을 감았다.

유수프는 잠들지 않았다. 아랍인이 유대인을 포위하는 대신 유대인이 아랍인을 포위하면 어떨지를 생각하고 있었다.

샘이 눈을 떴다. 샘은 팔꿈치를 짚고 몸을 일으킨 다음 주위를 둘러보았다. 1초 만에 그곳이 어디인지를 깨달았다. 사해가 바로 앞에 있었다. 사해는 사막만큼 고요하고 평온했다. 동쪽의 지평선을 따라 가느다란 진홍색 선이 그어져 있었다. 날씨가 좋을 것 같았다. 샘은 이제 이상하게도 무섭지 않았다. 샘은 혀로 이와 입술을 핥았다. 짠맛이 나고 텁텁했다. 밤새 마른풀을 물고 있었던 것처럼.

샘은 문득 유수프를 돌아보았다. 유수프는 이마와 코를 모래벌판에 대고는 무릎을 꿇고 있었다. 그리고 부드럽게 웅얼거렸다. 유수프는 기도하고 있었다. 샘은 다시 눈을 감고 잠이 들었다.

"일어나! 물 떠 왔어."

유수프가 활짝 웃으며 뭔가를 내밀었다.

샘이 손으로 눈에 그늘을 드리우고 유수프를 올려다보았다.

"너 벌레 같아."

유수프가 못생긴 안경테를 만지며 미소를 지었다.

"우리 누나도 벌레 같다고 그랬는데. 물 줘?"

유수프가 종이컵을 흔들었다.

"어디서 났어?"

샘이 컵으로 손을 뻗었다.

"쓰레기 더미에서 찾았어."

유수프 말에 샘이 고개를 돌렸다.

"저기 식수가 나오는 수도꼭지가 있어. 컵은 씻었고. 너는 까다로운 할머니 같아."

유수프가 한쪽 신발을 벗고 모래를 털었다.

"벌레."

샘은 물을 두 모금 만에 마셔 버렸다.

"좋아, 할머니. 우리에게는 수영할 시간이 있어. 건물 옆에 있는
표지판 보여? 예루살렘행 버스가 6시에 온대. 지금 5시 30분쯤 된
것 같아."

유수프는 떠오르는 해를 보고 나서 다른 쪽 신발의 모래도 털었
다. 자신이 체포된다면, 치료도 받지 못하고 감옥으로 보내졌다가
다시 집으로 돌려보내진다면 적어도 이렇게 말할 수는 있을 것이
다.

"난 사해에서 수영해 봤어."

샘은 해변 너머의 목조 건물로 이어지는 널찍한 계단을 보았다.
날이 밝아서 히브리어, 아랍어, 영어 표지판이 보였다. 건물 앞에
회전문이 있고 그 옆에는 푸른색 차양이 있었다. 차양 아래에는
하얀색 플라스틱 의자들이 있었다. 그 너머는 주차장이었다. 샘은
해변을 훑어보고 모래벌판에 찍힌 자신들의 발자국을 보았다. 발
자국은 작은 모래 언덕 너머로 이어졌다. 그 순간 샘에게 어떤 생
각이 떠올랐다. 지금까지 어떻게 몰랐는지 신기했다. 이제 다리가
아프지 않았다! 샘은 다리를 내려다보지 않았다. 내려다본다고 다
리가 있나? 어차피 바지 가랑이에 들어 있는 통나무뿐인데. 샘은

다리를 움직여 보려고 했다. 아무 일도 없었다. 샘은 발이 움직인다고 상상했다. 아무 일도 없었다. 샘은 눈을 감고 발을 꼼지락거려 보았다. 아무 일도 없었다. 다리는 죽었다. 끝났다. 하지만 이상하게도 샘은…… 아무 느낌이 없었다.

"내 말 들려? 수영하자."

유수프가 스웨터를 벗고 바지도 벗더니 속옷만 입고 서 있었다.

샘은 바지를 벗기 위해 꼼지락거렸다. 처음에는 몸을 앞뒤로 움직여서 다리를 조금씩 뺐다.

"도와줄게."

유수프가 바짓단을 잡아당겼다. 그런데 샘의 오른쪽 다리가 너무 부어 있었다. 바지가 걸렸다.

"찢어."

샘이 말했다.

유수프가 두 손으로 바지를 쥐고 솔기를 따라 찢었다. 유수프는 하마터면 비명을 지를 뻔했다. 샘의 발목은 멜론만 했고 피부는 찢어질 듯이 팽팽했다. 베인 곳도 벌어진 곳도 없는데 발과 발목은 파란색이었다.

"아파?"

유수프가 물었다. 샘이 고개를 흔들었다.

"일어설 수 있어?"

유수프가 물었다. 샘이 다시 고개를 흔들었다. 유수프가 안경을
코 위로 올리고 해변을 훑어보았다.

"저건 뭐지?"

유수프가 해안선을 따라 하얀 물체를 가리켰다.

"구조용 보드야."

샘이 말했다.

"여기서 기다려."

유수프가 보드들이 있는 곳으로 달려갔다.

"여기서 기다리라고? 그럼 내가 춤을 추러 가겠어? 아니면 요르
단 왕비를 만나기 위해 배라도 타러 가겠어?"

샘이 소리쳤다.

유수프는 길고 매끈한, 하얀 보드를 끌고 왔다.

"괜찮아?"

유수프는 애써 걱정스러운 목소리를 내지 않았다. 아무렇지도
않은 척했다.

"그래, 괜찮아."

샘이 고개를 끄덕이며 숨을 깊이 들이쉬었다.

"타."

유수프가 샘 옆에 보드를 놓고는 안경을 벗어 옷 더미 위에 던
졌다. 샘은 아픈 다리를 끌며 보드 위로 굴렀다.

"잡아."

유수프가 보드 뒤로 가더니 소리를 지르며 밀었다. 유수프의 발가락과 무릎이 모래벌판에 자국을 남겼다. 유수프는 보드를 밀고 또 밀었다. 마침내 보드는 총알이 스치듯이 바닷물로 날아 들어갔다.

두 소년은 물에 떠다녔다.

"브롬, 마그네슘, 요오드 때문에 몸이 물에 뜨는 거야."

유수프가 말했다.

"인터넷에서 봤지?"

"그래."

"넌 긱이야."

샘이 팔을 휘저었다. 매끈한 바닷물이 기분 좋고 호사스럽게 느껴졌다.

"그릭이라고?"

유수프는 헷갈렸다.

"아니, 그릭이 아니라 긱이라고. 그건 영어야. 컴퓨터광이라는 소리야."

샘이 눈동자를 굴렸다.

"너보다 똑똑하다는 뜻이라면 맞네."

"아니야."

"맞잖아."

"난 머리에 감자를 맞지 않았어."

"폭탄이라고 착각하게 내버려둘걸."

유수프가 중얼거렸다.

"이제는 너무 늦었어."

샘은 밝아 오는 하늘을 올려다보며 코르크처럼 이리저리 떠다녔다.

"우리가 요르단으로 흘러가면 무슨 일이 벌어질까?"

샘이 물었다.

"누군가 우리를 쏘겠지."

유수프가 대답했다.

"누군가 항상 우리를 쏘려고 하네. 정상은 아니야. 우리 옆집에 사는 로젠탈 씨가 그랬어. 정상적인 시대를 살아야 정상일 수 있다고. 우리는 정상적인 시대를 살고 있지 못해. 정상적인 곳에 살고 있는 것도 아니고."

샘은 머리를 젖히고 바다 위를 떠다녔다.

"넌 정말 어떻게 다쳤어?"

"내 친구 아리에게 새 축구공이 생겼어. 우리는 공을 주고받았지. 내가 놓친 공을 따라 거리로 뛰어들었어. 그리고 군대 트럭에 치였지."

샘이 담담하게 말했다. 이제 모두 기억이 났다.

"너희 엄마가 길을 건너기 전에는 이쪽저쪽 살펴보라고 말하지 않았어?"

유수프가 물었다.

"감자."

샘이 말했다. 그리고 잠시 뒤 말을 계속했다.

"아리와 나는 가장 친한 친구였어. 하지만 병원에 오지 않았어."

"내 친구들도 우리 집에 찾아오지 않았어."

유수프가 말했다.

둘은 이따금 너무 멀리 떠내려가지 않도록 보드를 조금씩 밀었다. 바닷물이 부드럽게 흔들렸고 샘은 때때로 해안선을 바라보았다. 해안선이 이른 아침 햇살을 받으며 뛰어오르는 것 같았다. 그런데 샘이 이마를 찡그리며 비명을 질렀다.

"이런, 국경 순찰대야!"

"어디?"

유수프가 보드 위에 손을 올리고 눈의 초점을 맞추었다. 모든 것이 흐릿했다.

샘은 보드 위로 팔을 올리고 눈을 가늘게 떴다. 주차장 주위 해변에 경찰관 두 명이 땅에 뿌리라도 내린 것처럼 서 있었다. 한 명은 허리에 손을 올리고 있었다. 한 명은 팔짱을 끼고 있었다. 샘은 보고 또 봤다. 총은 없었다. 그럴 리가? 설마 그럴 리가?

갑자기 샘의 눈에 눈물이 고였다.

"아빠! 아빠!"

샘은 숨을 깊이 들이쉬고는 손을 흔들며 소리쳤다.

"유수프, 알리나가 문자를 받았나 봐. 아빠들이 여기 왔어!"

샘은 계속해서 팔을 흔들었다. 그러다 문득 걱정이 떠올랐다.

아빠가 화났으면 어떡하지?

"누구라고?"

유수프는 아무리 열심히 보아도 아무것도 보이지 않았다.

"두 사람이 있어. 한 사람은 내 생각에 너희 아빠 같아!"

샘이 말했다.

"우리 아빠도 왔어?"

유수프가 한쪽 다리를 보드 위에 걸쳤다. 소금물이 눈에 들어와 따끔거렸다. 유수프는 한 바퀴, 두 바퀴 돌면서 눈을 문질렀다.

"문자가 갔나 봐. 알리나가 우리가 여기 있다고 말했나 봐. 흔들어."

샘이 말했다.

유수프가 주위를 둘러보았다. 흔들어? 뭘? 파도도 없는데!

"손을 흔들라고. 손을 흔들어!"

아직 샘은 완전히 확신하지 못했다. 샘은 반쯤 두려운 마음으로 해안선을 바라보았다. 아빠들이 응답해 주기를 기다리며.

"우리가 보일까?"

유수프가 해변을 열심히 바라보며 물었다.

"아빠들이 요르단에 있다면 보이겠지. 네가 보는 그 방향은 요르단이거든."

"아!"

유수프가 몸을 돌렸다. 보드가 마치 폭풍을 만난 듯이 샘의 머리를 때렸다.

"조심해. 너 나한테 털어놓은 것보다 더 눈이 안 보이지?"

샘이 관자놀이를 문질렀다.

"아빠들은 뭘 하고 있어?"

유수프가 정복당한 언덕 위에 꽂힌 깃발처럼 팔을 더 빨리 흔들었다.

"아무것도 안 해. 내 생각엔 서로 이야기를 하나 봐. 저런 모습을 볼 줄은 몰랐어. 그만 갈까?"

샘이 머뭇거렸다.

유수프도 머뭇거리며 손을 내렸다. 둘은 동시에 같은 생각을 했다. 우리가 얼마나 커다란 문제를 일으킨 것일까?

"우리는 어떻게 될까?"

"우리는 병원으로 돌아갈 거야."

"내 말은 그러니까 이스라엘과 팔레스타인은 이렇게 영원히 싸움을 계속할까?"

유수프가 말했다.

"우리도 아버지들과 할아버지들과 몇 백 대 할아버지들처럼 누가 옳고 그른지를 두고 싸울까? 여기 살지 않는 사람들도 우리에게 싸우라고 하잖아! 아마 우리는 언젠가 서로에게 총을 쏠지도 몰라. 그런 생각해 봤어? 아마 우리 아이들과 손자들도 서로를 죽이려고 하겠지."

두 소년은 팔을 휘젓는 것을 멈추고 그냥 물에 떠 있었다. 해변에 가까이 가기 위해 팔을 휘젓지 않았다. 전에는 총을 쏘고 폭탄을 던지는 아이들만 생각했을 뿐, 자신들이 아이들을 낳는 일에 대해서는 생각해 본 적 없었다.

"우리 아빠가 그랬어. 모두가 싸우는 것에 지치면 평화가 올 거라고."

샘이 말했다.

"이스라엘 사람들은 절대 지치지 않을 거야. 기적이 없다면. 아주 큰 기적이 없다면."

"그래도 기적은 일어나곤 하잖아."

샘이 말했다.

"콜 와하드 와나시부. '운명대로'라는 뜻이야. 우리 삶은 우리가 태어나기도 전에 알라의 책에 적혀 있다는 뜻이지."

유수프가 말했다.

"우리 고모 이름은 야엘이었어."

"살해당한 고모 말이지? 미안해."

"왜? 네가 그런 게 아니잖아. 고모는 정말 예뻤어, 알리나처럼. 어릴 때 나는 고모가 하늘을 날아다닐 거라고 생각했어. 고모는 팔을 흔들고 춤을 추면서 집 안을 돌아다녔어. 내가 얘기했지? 고모는 내게 책을 읽어 주고 농담도 잘 했다고."

해가 떴다. 이제 소년들은 해변 가까이까지 떠밀려 갔다.

"똑, 똑……." 샘이 말했다.

"여보세요." 유수프가 말했다.

"내가 '똑, 똑'이라고 하면 너는 '누구세요?'라고 하는 거야."

"알아. 네가 '고맙습니다.'라고 하면 나는 '천만에요.'라고 해야지."

"그냥 '누구세요?'라고 해. 알았어? 좋아, 다시 해 보자. 준비됐어?"

"됐어."

"똑, 똑."

"들어오세요."

"아냐! 똑, 똑."

"들어오세요."

"유수프, 너는 바보 같아. 알아?"

"여동생이 똑, 똑 농담을 들려줬어. 너는 아직도 팔레스타인 사람들이 세상에 대해 아무것도 모른다고 생각하는구나."

유수프가 웃었다.

"난 팔레스타인 사람들이 농담을 모른다고 생각할 뿐이야."

"우리는 정말 재미있는 사람들인데."

유수프가 굳은 얼굴로 대답했다.

"알았어. 팔레스타인 사람들에 대해서는 이제 이런 생각이 가장 먼저 떠오르네. '아, 코미디언이 오시는군.'"

샘이 유수프에게 물을 튀겼다. 유수프도 샘에게 물을 튀겼다.

"이스라엘 사람들에 대해 어떤 생각이 가장 먼저 떠오르는지 궁금해?"

"아니."

"아빠들은 지금 뭘 하고 있어?"

유수프가 물었다.

샘이 눈을 가늘게 떴다. 해가 두 아빠 뒤에서 떠오르고 있었다. 똑바로 바라보기가 점점 어려웠다.

"아직도 이야기하고 있어."

"페이스북 해?" 유수프가 물었다.

"응." 샘이 대답했다.

"똑, 똑 농담은 잊어. 내가 진짜 농담을 들려줄게. 버스에서 시각 장애인이 옆자리의 남자에게 말했어. '이스라엘 농담을 들어볼래요?' 남자가 말했어. '농담해요? 여기는 텔아비브라고요. 나는 이스라엘 사람이고요. 저쪽에 있는 사람도 이스라엘 사람이에요. 당신 앞에 있는 사람도 이스라엘 사람이고요. 당신 뒤의 두 사람도 이스라엘 사람이죠. 정말 그 농담이 하고 싶어요?'라고. 그러자 시각 장애인이 말했어. '다섯 번이나 해야 한다면 그만둘게요.' 웃기지?"

유수프의 말이 빨라졌다. 둘에게는 시간이 많지 않았다.

"그건 이스라엘 농담이 아냐. 이름만 바꾸면 되는 보통 농담이지. 그것도 인터넷에서 봤지?"

샘이 싱긋 웃었다.

"그래서 뭐?"

유수프가 어깨를 으쓱였다.

"그럼 식품점에 갇혀서 굶어 죽은 이스라엘 사람 이야기는 어때?"

"그럼 넌 총싸움에 칼을 가져간 팔레스타인 사람 이야기 들어봤어?"

샘이 말했다.

"오래된 농담이잖아."

유수프가 말했다. 둘은 해변과 가까워졌다. 이제 바닷물은 허리 깊이였다. 샘은 한 손을 보드에 올리고 멀쩡한 발로 바닥을 디디려고 했다. 보드가 흔들거리다가 미끄러졌다.

"어어!"

샘이 바람개비처럼 팔을 허우적거렸다.

샘의 아빠가 펄쩍 뛰어오르더니 해변을 가로질러 달려왔다. 유수프의 아빠도 달려왔다. 두 아빠는 전속력으로 달렸지만 팔을 뻗어 샘의 허리를 감은 것은 유수프였다.

"괜찮아. 내가 잡았어."

샘의 아빠가 두 팔로 샘을 안고는 해변으로 비틀거리며 나왔다.

"괜찮아. 다 괜찮아."

아빠가 속삭였다. 아빠는 샘을 조심스럽게 모래벌판에 내려놓고 다리를 내려다보며 한숨을 내쉬었다.

"아빠, 말할 것이 있어요. 전부 내 잘못이에요. 유수프는 야단치지 마세요."

하지만 샘의 아빠는 듣고 있지 않았다. 샘에게 등을 돌리고 서서 휴대 전화를 꺼내 다급히 번호를 눌렀다.

"구급차가 필요해요. 중간에서 만나요. 1번 도로……. 네, 네."

아빠의 목소리는 낮고 위압적이었다. 아빠는 다시 군인으로 돌아가 있었다.

샘은 유수프를 돌아보았다. 잘 보이지 않았다. 유수프의 아빠가 유수프 앞에 무릎을 꿇고 있었다. 등을 돌리고 있어서 유수프의 아빠가 화가 났는지, 안도하는지, 아니면 둘 다인지 샘은 알 수가 없었다.

"아빠, 제발요. 내 탓이라고 해 주세요. 모두 내 잘못이에요. 유수프를 병원에서 쫓아내지 못하게 해 주세요. 유수프는 수술을 받아야 해요……."

샘이 아빠에게 부탁했다.

샘의 아빠는 무릎을 꿇고 아들의 아픈 다리를 만졌다.

"아프니?"

"아뇨."

샘이 고개를 흔들었다. 그리고 아빠를 올려다보았다.

"아빠, 제발 내 부탁을 들어주세요."

"나중에. 지금은 너희 둘 다 차에 타야지. 팔로 내 목을 감아. 너희 둘 다 당장 병원으로 돌아가야 해."

에필로그
여섯 달 후

"여기에서 만나기로 했는데."

샘이 지도와 표지판을 번갈아 보았다. 유수프는 올빼미처럼 목을 이리저리, 위아래, 앞뒤로 돌렸다. 알리나를 찾고 있었다. 알리나만 아니라면 구경할 게 많았다. 해 질 녘이라서 여러 색의 불빛이 구시가지의 벽들을 비추고 있었다. 벽들은 황금빛 갈색, 서리가 내린 초록색, 버터 빛깔 노란색으로 빛났다. 유수프는 마지막 검사를 받기 위해 하다사 병원에 왔다. 이스라엘을 방문하는 것은 이번이 마지막일 것이다. 아주아주 오랫동안 이스라엘에 오지 못할 것이다.

가장 기쁜 일은 유수프가 볼 수 있게 되었다는 것이다. 안대는 사라졌다. 가짜 눈은 이제 가짜처럼 보이지 않았다. 유수프는 멋진 안경을 썼다. 알리나는 유수프가 법대생이나 젊은 교수님 같다고 말했다. 알리나도 느리지만 나아지고 있었다. 알리나는 이제 병원에 입원하지 않아도 되었다.

"알리나가 길을 잃어버렸을까?"

샘이 물었다.

"네가 길을 잃어버린 것 같은데."

유수프가 말했다.

"내가 길을 잃어버렸으면 너도 잃어버린 거고 저 사람도 잃어버린 거야."

샘이 자신들을 따라다니는 군인을 바라봤다. 소년들은 길모퉁이를 돌 때마다 군인을 기다려야 했다. 이번 외출은 샘의 아버지가 병원과 의논해서 계획했다. 조금 힘들었지만, 사실은 많이 힘들었지만 결국 유수프는 이스라엘 군인과 함께 샘을 따라 병원을 나가도 좋다는 허락을 받았다.

"전화해 볼게."

샘이 휴대 전화를 꺼냈다.

때마침 알리나가 골목에서 튀어나왔다. 쇼핑백이 양손에서 달랑거렸다. 알리나는 스키니 진과 검은 티셔츠를 입고 고리 모양의 귀고리를 했으며 오렌지색 운동화를 신었다. 가발은 쓰지 않았다. 검은 머리띠를 한 곱슬곱슬한 황금빛 갈색 머리가 후광처럼 얼굴을 감쌌다.

알리나는 아직 창백했지만 환한 미소를 짓고 있었다. 줄기세포 이식은 효과가 있었다.

"너희 둘은 아직도 말싸움을 하는 거야? 너희는 미국 대학교에 가야겠다. 그러면 4년 동안 말싸움을 할 수 있을 테니까."

"내게 잘해. 내가 지도를 가지고 있잖아."

샘이 관광 안내 책자를 흔들었다.

"그건 별로 도움이 되지 않았어."

유수프가 활짝 웃었다.

"야, 네가 보고 싶어 하는 성지에 모두 데려가 줬잖아."

"표지판을 따라간 거지!"

유수프가 위를 가리켰다. 유수프는 구시가지의 가장 신성한 이슬람 성지들을 방문했다. 모하메드가 메카에서 '밤의 여행'을 왔던 알아크사 사원, 모하메드가 하늘의 알라 곁으로 올라간 둥근 천장 사원도 다녀왔다. 유수프는 둥근 천장 사원에서 감사 기도를 올린 다음 발개진 얼굴로 활짝 웃으며 돌아왔다. 샘은 사원 밖에서 참을성 있게 기다렸다. 허락을 받지 않으면 이슬람교도만이 성지에 들어갈 수 있었다.

"기분이 어때?"

샘이 알리나에게 물었다. 유수프도 물어보고 싶던 질문이었다.

"좋아. 어느 날 암이 재발할 가능성은 있지만 말이야. 난 늙어 가지는 못 할 거야. 대신 자라기는 하겠지."

알리나가 어깨를 으쓱이며 미소를 지었다.

"너희 '르카임: 투 라이프!'라는 노래 알지."

알리나가 바보같이 춤을 추었다.

샘과 유수프는 춤을 추고 싶지 않았다.

"좋아, 계속 심통이나 부리고 있어. 대신 나에게 신경 쓰지 마. 알았어? 그리고 알고 싶지 않으면 묻지 말고."

두 소년이 고개를 끄덕였다.

"네 베이비시터는 어디 있어?"

알리나가 유수프에게 물었다.

셋은 유수프의 감시인을 찾아보았다.

"휴대 전화로 여자 친구와 싸우고 있네."

샘이 감시인 쪽을 가리켰다. 감시인은 전화를 들지 않은 손을 마구 흔들었다.

"너희 볼 게 남았어?"

알리나가 시계를 보았다.

"다 봤어. 이제 먹으러 가자!"

샘이 감시인에게 손을 흔들었다.

세 사람은 몇 시간 동안 이슬람 구역에서 팔라펠과 후무스로 배를 채운 다음 유대인 구역을 돌아다녔다. 아르메니안 구역으로 잘못 들어갔다가 교회 종소리를 듣고 기독교 구역으로 빠져나오기도 했다.

보이지 않는 손이 셋을 부드럽게 이끄는 것 같았다. 세 아이는 때로 왼쪽으로 잡아당겨지고 때로 오른쪽으로 밀리면서도 미로를 빠져나가듯이 구불구불한 골목, 터널, 오솔길을 지나갔다. 작은 가게들이 곳곳에 박혀 있고 구멍들이 길까지 뚫려 있었다. 매를 닮은 남자들이 가판대에서 보석, 옷, 스카프, 배낭, 장난감, 십자가, 구슬, 종교적인 장신구를 흔들어 댔다. 빨간색, 오렌지색, 샤프란색의 향신료 자루들이 진한 향기를 풍겼다. 은색과 금색의 팔찌, 천연 보석, 깔개, 티셔츠. 이곳에는 온 세계가 전시되어 있었다. 이곳에는 역사 이상의 것이, 세 종교 이상의 것이 있었다. 이곳에서 과거와 현재는 하나였다. 아마 이곳에는 미래도 있을 것이다.

"이곳은 절대 지루하지 않아."

유수프가 말했다.

샘은 지팡이를 짚고 주위를 둘러보았다. 샘은 유수프의 눈으로 그곳을 바라보며 정말 멋진 곳이라고 생각했다.

"다리는 괜찮아?"

유수프가 물었다. 셋은 오랫동안 함께 걸었다.

샘이 고개를 끄덕였다. 샘은 의족으로 걷고 달릴 수 있었다. 아주 멀리 가지도 못 하고 아주 빠르게 가지도 못 하지만……. 어쨌든 아직은 그랬다. 종아리 아래쪽의 새 다리는 흡입으로 끼우는 것이었다. 전혀 아프지 않았다. 아주 멋져 보였다. 앞으로는 지팡이가 별로 필요 없을 것이다.

"새로운 농담을 알아 왔어."

샘이 다윗가로 향하면서 말했다. 알리나와 유수프가 끙 소리를 냈다.

"들어 봐. 매일 어떤 남자가 열정적이고 요란하게 서쪽 벽에서 기도를 했어."

"어디 서쪽인데?"

유수프가 물었다.

"몰라."

"그러면 동쪽 벽일 수도 있잖아."

"아니, 그럴 수는 없어."

"왜?"

"내가 서쪽이라고 했잖아. 자, 닥쳐!"

"너나 닥쳐!"

"너희는 골칫덩이야. 너희는 할아버지들 같아."

알리나가 둘을 번갈아 바라보았다.

"유수프, 서쪽 벽은 예루살렘 신전을 에워싸고 있던 오래된 벽의 일부야. 유대인들이 기도하러 가는 곳이지. 유대인들은 종이에 작은 메시지를 적어서 벽에 끼워 놓고 와."

"인상적인데."

샘은 알리나를 바라보았다. 정말 인상적이었다. 미처 그런 것은 알지 못했다.

"그래서 농담이 뭔데."

유수프가 물었다.

"다시 시작할게."

"안 돼!"

알리나와 유수프가 외쳤다.

"매일 그 모습을 지켜보던 미국 여자가 휴가 마지막 날에 궁금 증을 이기지 못하고 남자에게 물었어. '실례합니다. 정말 열심히 기도하시네요. 어떤 기도를 하는지 물어도 될까요?'라고. 남자가 대답했어. '유대인과 아랍인이 평화롭게 지내기를, 우리 아이들이 우정을 키우며 안전하게 자라기를 빌었습니다.' 여자가 다시 물었 어. '당신의 기도가 이루어질까요?' 그러자 남자가 한숨을 쉬었지. '벽에 대고 이야기하는 것 같아요.'"

샘이 활짝 웃었다.

"이 길이 맞아?"

유수프가 물었다.

"내 생각에는 아닌데."

알리나가 말했다.

"잠깐만. 내 농담 대단하지 않아?"

샘의 목소리가 높은 도를 찍었다.

"그냥 농담이지. 대단하지는 않아."

알리나가 말했다.

"저 길로 가야 해."

유수프가 말했다.

"자, 너희가 조용히 하면 자파의 사탕 가게에 데려갈게!"

알리나가 말했다.

소년들은 웃으면서 조용히 고개를 끄덕였다. 알리나가 고개를
흔들었다.

"너희는 여섯 살짜리 아이들 같아. 가자."

알리나가 앞장섰다.

샘이 유수프를 다정하게 밀었다. 유수프가 샘 옆구리를 찔렀다.

"으악……."

샘이 하마터면 넘어질 뻔했다.

유수프가 재빨리 샘의 허리를 감쌌다.

"괜찮아. 내가 잡았어."

적군의 영토

• 이스라엘

1948년에 분할된 팔레스타인 영토에 세운 유대인의 나라다. 아랍인들은 새로운 국가 이스라엘이 그 지역을 차지한 것에 항의했다. 이스라엘, 특히 예루살렘의 구시가지에 유대교, 이슬람교, 기독교의 성지가 몰려 있기 때문에 갈등이 더욱 심해졌다. 이스라엘 사람들과 팔레스타인 사람들은 그곳에서 살아갈 권리를 차지하기 위해 계속해서 갈등 중이다.

• 팔레스타인 자치 정부

이스라엘과 팔레스타인의 분쟁을 해결하기 위한 평화 협정이 체결되고, 1994년에 이 협정에 따라 팔레스타인 해방 기구와 이스라엘 정부가 팔레스타인 자치 정부를 세웠다. 현재 팔레스타인 자치 정부의 기본적인 역할은 웨스트뱅크의 치안과 행정을 살피는 일이다.

• 정착촌

유대인 공동체인 정착촌은 1967년에 6일 전쟁으로 점령한 땅에 세워졌다. 일부 정착촌은 도시만큼 크다. 국제사법재판소는 정착촌을 불법

팔레스타인과 이스라엘의 영토 변화

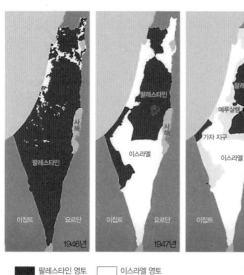

팔레스타인 영토　　　□ 이스라엘 영토

이라고 판결했다. 또한 많은 사람들이 정착촌을 평화의 장애물로 여기
고 있다. 정착민들은 유대와 사마리아로 알려진 이 땅을 구약 성서에
나오는 약속 받은 땅이라고 믿는다.

• 웨스트뱅크와 가자 지구

　이스라엘과 인접한 땅으로 아랍·팔레스타인 사람들이 주로 살고 있
다. 팔레스타인이 지배하는 웨스트뱅크에 이스라엘 사람들이 들어오
는 것은 불법이다. 하지만 팔레스타인 사람들이 행정을 맡고 이스라엘

군인이 순찰을 도는 지역들이 있다. 유대인 거주지로 이어지는 고속도로를 포함해서 이스라엘군이 온전히 지배하는 지역들도 있다. 가자 지구는 2006년 하마스 쿠데타 이후 팔레스타인 자치 정부의 지배를 받지 않는다.

• 하마스

팔레스타인의 이슬람교도로 구성된 호전적인 단체다. 이스라엘이 웨스트뱅크와 가자 지구를 점령하자 이에 항의하여 1987년에 만들어졌다. 목표는 이스라엘을 포함해서 역사상 팔레스타인으로 알려졌던 모든 영토에 이슬람 국가를 세우는 것이다. 이스라엘, 미국, 유럽 연합은 하마스를 테러 집단으로 여긴다. 하지만 하마스의 후원자들은 하마스가 이스라엘의 점령에 맞서 팔레스타인 사람들을 지키는 합법적인 전투 부대라고 주장한다.